LA NOVENA CONFIGURACIÓN

WILLIAM PETER BLATTY

AUTOR DE *EL EXORCISTA*

LA NOVENA CONFIGURACIÓN

Planeta

Título original: *The Ninth Configuration*
Traducción: Alejandro Romero

Diseño de portada: Estudio la fe ciega, Domingo Noé Martínez y
Yolanda Garibay
Fotografía de portada: © Shutterstock

Bajo el sello editorial PLANETA M.R.
Avenida Presidente Masarik núm. 111, Piso 2
Colonia Polanco V Sección
Deleg. Miguel Hidalgo
C.P. 11560, México, D.F.
www.planetadelibros.com.mx

Primera edición: agosto de 2015
ISBN: 978-607-07-2945-4

Impreso en los talleres de Litográfica Ingramex, S.A. de C.V.
Centeno núm. 162-1, colonia Granjas Esmeralda, México, D.F.
Impreso y hecho en México - *Printed and made in Mexico*

Para Linda

Para escribir esta historia me he tomado ciertas libertades con los hechos. Por ejemplo, no existen psiquiatras ni oficiales médicos en el Cuerpo de Marines de los Estados Unidos.

Nota del autor

Cuando era joven y trabajaba apresuradamente por necesidad, escribí una novela llamada *Twinkle, Twinkle, «Killer» Kane*. El concepto básico de esta novela es sin duda el mejor que he escrito, pero lo que se publicó no fueron más que las notas para una novela, algunos bocetos sin terminar, sin forma, a los que les faltaba incluso la trama.

Pero esta idea era importante para mí, por lo que he vuelto a escribir una novela basada en ella. Esta vez, tengo la certeza de que es lo mejor que puedo hacer.

Tengo derechos muy antiguos a esta corona.

Hamlet, acto V, escena II

Capítulo uno

La mansión era gótica y aislada, una edificación enorme y grotesca atrapada en medio de un bosque. Se erguía torcidamente bajo las estrellas, conformada por grupos de chapiteles, como algo gigantesco y deforme, algo que no podía ocultarse, algo que esperaba el momento para pecar. Sus gárgolas sonreían al bosque, haciendo que la atmósfera se sintiera sofocante. Por un largo tiempo, nada se movió. El amanecer se cernió sobre la mansión. La débil luz del sol de otoño husmeaba esa mañana, sepultada dentro de la penumbra arborescente, y la niebla se alzaba desde las hojas podridas, como almas secas y débiles que partían hacia el más allá. En medio de la brisa, se escuchó el crujir del postigo de una ventana, casi como un gemido, y en un prado lejano un cuervo graznó roncamente, como si estuviese poseído. Después, el silencio. La espera.

Se escuchó la voz de un hombre dentro de la mansión, una voz cargada de convicción y firmeza, la cual sobresaltó a una pequeña garza verde que estaba posada sobre el foso.

—Robert Browning tenía gonorrea, Charlotte y Emily Brontë se la pegaron.

Se escuchó la voz de otro hombre, disgustado:

—¡Cierra la boca, Cutshaw!

—Las dos se la pegaron.

—¡Cállate, maldito loco!

—No quieres escuchar la verdad.

—¡Krebs, formación! —ordenó el hombre molesto.

En ese momento, un toque de clarín militar atravesó el aire, dispersando la niebla, y una bandera estadounidense se alzó sobre un mástil por encima de uno de los chapiteles, ondeando desafiantemente. Veintisiete hombres, vistiendo ropa de trabajo verde, salieron disparados de la mansión, como balas de una ametralladora, y se precipitaron hacia el centro del patio, balbuceando, murmurando y alineando los codos en formación militar. Algunos usaban, además de su ropa de trabajo, otros accesorios: uno de ellos portaba un florete y aretes de oro; otro llevaba sobre la cabeza una gorra de piel de mapache. De sus bocas salían imprecaciones, como vapor y chispas saliendo de una caldera:

—¡Oh, Dios! ¡Oh, Dios mío!

—¿Sabes qué? Sinceramente quisiera que te bañaras.

—¡Hundan el Bismarck!

—¡Cuidado con el codo!

Un hombre que sostenía un perro corriente y desgreñado se metió en medio de la fila y gritó:

—¡Mi capa! ¿Han visto mi capa?

—¿Qué diablos importa una capa? —gruñó el que traía el florete—. No es más que un puto pedazo de tela.

—¿Tela?

—Sí, un estúpido pedazo de tela.

—¿Qué país es este? —preguntó un hombre que estaba al final de la fila.

Un hombre rubio los confrontó bruscamente. Usaba unos tenis negros marca Keds, deshilachados y sucios; el dedo gordo de su pie izquierdo sobresalía por un agujero, y sobre sus ropas de trabajo lucía ostentosamente una sudadera de la Universidad de Nueva York: en una de las mangas tenía rayas y en la otra un parche de astronauta de la NASA.

—¡Atención! —dijo con autoridad—. ¡Soy yo, Billy Cutshaw!

Los hombres obedecieron y alzaron firmemente el brazo para ejecutar un saludo como se hacía en la antigua Roma.

—¡Capitán Billy, estamos a su servicio! —gritaron a través de la niebla, luego bajaron los brazos y se quedaron parados, sin moverse y en silencio, como condenados en espera de su juicio.

Cutshaw los recorrió rápidamente con la mirada, parpadeante y misteriosa, luminosa y profunda. Finalmente, habló:

—¡Teniente Bennish!

—¡Señor!

—¡Permiso para dar tres pasos grandes y besar la bastilla de mi vestimenta!

—¡Señor!

—La *bastilla*, Bennish. ¡Cuidado! ¡Solo la *bastilla*!

Bennish dio tres pasos hacia el frente, luego chocó sus talones con fuerza. Cutshaw lo observaba con cautela.

—Excelente ejecución, Bennish.

—Muchas gracias, señor.

—No dejes que se te suba a la puta cabeza. No hay nada más vil en este mundo que un *arrogante*.

—Sí, señor. Lo ha dicho muchas veces, señor.

—Ya lo sé, Bennish.

Cutshaw lo analizaba con la mirada, como si tratara de encontrar insolencia o furia en él, cuando de pronto el hombre con la espada gritó:

—¡Aquí viene la policía!

Los hombres empezaron a abuchear mientras salía marchando de la mansión, con paso firme y molesto, la militante figura de un comandante del Cuerpo de Marines. Cutshaw se abrió paso entre la línea y, entre los abucheos, el hombre con la espada le gritó al comandante:

—¿Dónde está mi anillo decodificador Ho Chi Minh? Mandé las tapas de las cajas de cereal, Groper. ¿En dónde diablos está...?

—¡Silencio! —los reprimió Groper. Sus pequeños ojos ardían de ira en su cara, que era más bien un pedazo de carne adornada con un corte militar. Era robusto y de huesos pesados—. ¡Maldito loco! ¡Malparidos! ¡Patética excusa de militares! —gruñó.

—Eso lo dice todo —murmuró alguien en medio de la formación.

Groper caminó frente a la formación de hombres, con la cabeza agachada como si estuviera preparado para embestirlos.

—¿Quién diablos se creen con su ridícula actuación de animalitos salvajes? Pues les tengo malas noticias, muchachos. Están todos jodidos. ¡Adivinen quién va a estar al mando la próxima semana! ¿Pueden adivinar? ¿Eh? ¡Un *psiquiatra*! —de pronto Groper hablaba a gritos y temblaba con una ira incontrolable—. ¡Así es! ¡El mejor! ¡El mejor en uniforme! ¡El mejor pinche psiquiatra desde Jung! —hizo énfasis en la «j» al pronunciar el nombre. Se quedó parado respirando con dificultad, retomando el aire y el dominio de la situación.

—¡Son un montón de malditos cobardes holgazanes! ¡Va a venir para averiguar qué tan dementes están!

—Groper sonrió, sus ojos se iluminaron—. ¿No les parece una excelente noticia, muchachos?

Cutshaw dio un paso hacia adelante.

—¿Por favor, podría dejar de decirnos «muchachos», comandante? Nos hace sentir como si fuéramos unos perros cocker spaniel y usted el viejo pirata de *Tortilla Flat*. Podríamos...

—¡Vuelve a la fila!

Cutshaw apretó una bocina de plástico que tenía en la mano, del tamaño de una pelota. Emitió un sonido estridente y desagradable.

—¿Qué tienes ahí? —dijo Groper con voz áspera.

—Una bocina de niebla —respondió Cutshaw. Ha habido reportes de juncos chinos en el área.

—Un día de estos te voy a romper la espalda, lo juro.

—Un día de estos me iré del Fuerte Zinderneuf. Ya me estoy hartando de apuntalar cuerpos.

—Ojalá te aplastaran en el espacio —respondió Groper.

Los hombres empezaron a sisear.

—¡Silencio! —gritó Groper.

El siseo se hizo más fuerte.

—Claro, para sisear son muy buenos, montón de serpientes rastreras.

—¡Bravo! ¡Bravo! —dijo Cutshaw, aplaudiendo educadamente. Los demás comenzaron a aplaudir también y a añadir frases de elogio:

—Excelente uso de la personificación.

—¡Espléndido, Groper! ¡Espléndido!

—Una cosa más, señor —añadió Cutshaw.

—¿Qué cosa?

—Métase una piña por el culo.

Cutshaw desvió la mirada y sintió una premonición.

—Alguien viene —dijo.

Era una oración.

Capítulo dos

El problema empezó con Nammack. El 11 de mayo de 1967, Nammack, un capitán de la Fuerza Aérea de los Estados Unidos, piloteaba un B-52 durante un bombardeo con dirección a Hanói, cuando de pronto su copiloto reportó una falla hidráulica, después de lo cual Nammack se levantó en silencio, se quitó su casco de altitud y dijo tranquilamente y pleno de confianza:

—Esto parece un trabajo para Superman.

El copiloto tomó el control de la aeronave. Nammack fue hospitalizado y persistía en él la ilusión de que poseía poderes sobrehumanos y la única forma de curarlo por completo era con kryptonita. Sin embargo, las pruebas y los estudios psiquiátricos arrojaron la prometedora conclusión de que Nammack no podía ser diagnosticado terminantemente como psicótico. De hecho, hasta el momento en el que se levantó en la cabina, toda la evidencia sugería que su psiquis y sus emociones eran inquebrantables.

Nammack fue el precursor. Después le siguieron docenas, montones más: oficiales militares que de la nada presentaban síntomas de trastornos mentales, generalmente relacionados con alguna obsesión sorprendente y extraña. Ninguno de los casos que se suscitaron tenía historiales de desequilibrio mental o emocional.

Las autoridades gubernamentales estaban perplejas y cada vez más preocupadas. ¿Acaso todos estos hombres estaban fingiendo sus enfermedades? Era digno de señalar que el caso de Nammack ocurrió poco después de que el capitán Brian Fay, un marine que se negó a entrar a una zona de combate, fuese sentenciado a varios años de trabajos forzados. La guerra era un asunto controversial y la mayoría de los hombres que presentaban dichos trastornos se encontraban en batalla o estaban asignados para entrar en esta próximamente. Era inevitable sospechar que sus enfermedades eran fingidas.

Pero había problemas con esta teoría. Muchos de los hombres involucrados no se encontraban en una situación de conflicto, y aquellos que estuvieron en el campo de batalla habían sido condecorados por su valor. ¿Por qué eran todos oficiales? ¿Por qué la mayoría de los casos presentaban obsesiones? Una sospecha aún más oscura, proveniente del personal de la Casa Blanca, sugería que existía un grupo clandestino de oficiales cuyo propósito era desconocido, pero potencialmente peligroso. Al enfrentarse cara a cara con un enigma de tal magnitud, no era difícil contemplar ideas como esta.

Para resolver el misterio y, de ser posible, buscar una causa y una cura, el gobierno ideó el Proyecto Freud, una red secreta de campamentos militares de descanso en los cuales se escondía a los hombres afectados de la vista pública y se les estudiaba. El último de estos campamentos fue el Centro Dieciocho. Un campamento de naturaleza altamente experimental, ubicado en una mansión en lo profundo de un bosque de píceas y pinos, cerca de la costa en el Estado de Washington. La mansión había sido construida buscando imitar el estilo arquitectónico del castillo medieval del Conde de Eltz, esposo de Amy Bilmore, antigua propietaria de la mansión, quien la había abandonado mucho antes de prestarla al ejército en el otoño de 1968. Ahora se encontraba ocupada por un escaso personal de marines y veintisiete pacientes, todos ellos oficiales: algunos del Cuerpo de Marines, otros antiguos tripulantes del B-52 y un exastronauta, el capitán Billy Thomas Cutshaw, quien había abortado su misión a la luna durante el conteo final de una manera tan extraordinaria, que solo aquellos que estuvieron presentes la creían.

Para tratar a Cutshaw y a los otros pacientes del Centro Dieciocho, el Pentágono había asignado a un psiquiatra brillante que pertenecía al Cuerpo de Marines y era conocido por tener una mente particularmente abierta y haber tenido éxito en implementar métodos novedosos: el coronel Hudson Stephen Kane. Alguien que respondía a ese nombre llegó al centro el 17 de marzo, unas semanas después de haber recuperado Hué. El comandante Groper, que había sido asignado como oficial ayudante en el centro y se encontraba temporalmente a cargo, estaba confrontando a los pacientes en el patio, cuando de pronto vio que se acercaba el coche del personal y supuso que el ocupante del mismo debía ser el coronel Kane. Groper maldijo su mala suerte. ¿Por qué tenía que llegar el coronel durante la formación matutina, que era cuando los pacientes se encontraban en su peor estado? Como parásitos febriles, todos habían salido corriendo hacia el centro del patio, todos menos Fairbanks, el que tenía el florete quien, habiendo analizado a fondo sus opciones para esa mañana, había decidido descender a la formación en una cuerda que había amarrado previamente a uno de los chapiteles de la mansión. Ahora se entretenían en un juego inventado por Cutshaw que se llamaba «Hablar en dialecto», en el cual cada hombre balbuceaba locuras crípticas, gritando lo más fuerte que podía. Todos excepto Reno, el paciente que tenía un perro. Él se había colocado distraídamente hasta el frente y cantaba *Let Me Entertain You*. Su perro se veía aterrado de escuchar los gritos alienígenas que emitía.

—¡Ay, por el amor de Dios! —dijo Groper a la vez que escupía en el polvo que tenía a sus pies y gritaba— ¡Atención! ¡Cállense, pendejos! ¡Cierren la puta boca y fórmense! ¡*De inmediato*!

Los reclusos lo ignoraron.

El coche del personal se detuvo en la entrada de la mansión. El sargento que conducía el coche abrió la puerta al hombre que iba sentado en la parte trasera. Un coronel del Cuerpo de Marines salió del auto y se quedó observando a Groper y a los reclusos silenciosamente. El coronel era alto y fornido, sus facciones eran fuertes, pero agradables a la vez. Lo único que se movía eran sus ojos. Un par de manchas verdosas que flotaban sutilmente en un estanque color castaño. Sus ojos reflejaban tristeza.

—Caballeros, ¿podrían prestarme su atención por un momento? —dijo Groper, su voz era áspera pero con un tono bastante empalagoso.

Los reclusos siguieron con su juego. El coronel seguía observándolos, la expresión de su rostro era difícil de descifrar. Después volteó su cabeza hacia un lado. Junto a él, vistiendo un uniforme de clase B, conformado por una camisa de gabardina y pantalones a juego, se encontraba un marine sombrío. Portaba una insignia de médico y de coronel en el cuello de la camisa. En la mano tenía un estetoscopio. También observaba a los reclusos mientras sacudía la cabeza.

—Pobres bastardos —murmuró. Luego volteó a ver al coronel—. ¿Kane?

El coronel dirigió su atención a él y asintió con la cabeza.

—Soy el coronel Fromme, el médico asignado a este centro. Qué gusto contar con usted; necesitamos toda la ayuda posible —volteó a ver a los reclusos que seguían totalmente fuera de control—. Por Dios, en verdad están completamente fuera de sí.

—¿Podría por favor indicarme el camino a mi alojamiento?

—Solo siga el camino amarillo.

Kane se quedó mirando.

—¡Teniente Fromme, fórmese! —gritó Groper, mientras dirigía su atención al hombre con el estetoscopio.

—¡Fromme, maldito maniaco! —gritó en ese momento un hombre sin pantalones que salió dando grandes zancadas de la puerta de enfrente—. ¡Devuélveme mis pantalones y mi estetoscopio, carajo! —dijo mientras avanzaba hacia Kane y Fromme.

Un sargento inexpresivo, pero perfectamente bien uniformado, llamó la atención de Kane parándose frente a él y saludándolo con elocuencia.

—¡Sargento Christian reportándose para el deber, señor!

—¡Ya era hora, Kildare! —dijo fríamente el teniente Fromme. Luego apuntó un dedo a Kane—. Por el amor de Dios, ¿podría llevar a este hombre a su cirugía o acaso planea dejarlo aquí desangrándose mientras usted y sus amigos juegan a los soldaditos? ¿Qué demonios es esto? ¿Un hospital o un manicomio?

Antes de que Fromme pudiera terminar, el sargento Christian lo sacó lejos de ahí a la fuerza. En ese momento, el hombre sin pantalones llegó y, al pasar junto a Fromme, le quitó rápidamente el estetoscopio mientras le gritaba al sargento Christian:

—¡Esta vez no dejes que arrugue los pantalones! —luego, volteó a ver a Kane y lo saludó.

Una extraña expresión apareció por un momento en la cara de Kane y el hombre exclamó:

—¡Vincent! —la expresión de Kane volvió a ser inescrutable—. ¿Qué fue lo que dijo? —preguntó.

—Se parece usted mucho a Vincent van Gogh. A él o a un campo de trigo con una alondra. No estoy seguro de a cuál, ambos son muy parecidos. Soy el coronel Richard Fell. Soy el médico.

Kane lo analizó. Era un hombre corpulento de unos cuarenta y tantos años, con ojos astutos y alegres, en una cara abatida. Se tambaleaba ligeramente y saludaba con la misma mano con la cual sujetaba el estetoscopio.

—¿Ha estado bebiendo, coronel Fell? —la voz de Kane era suave y gentil, sin ningún rastro de acusación.

—¿Qué? ¿En uniforme? —dijo Fell fulminándolo con la mirada—. Ese es el último par de pantalones de gabardina que tengo —explicó—. Todos los demás están en la tintorería y si planea que siga saludándolo por mucho tiempo, coronel, creo que debería ir llamando al hospital y decirles que el donante de brazo está listo para el trasplante. Creo que se me caerá en cualquier momento.

Kane le devolvió el saludo.

—Gracias. Es usted un verdadero príncipe, señor.

Otro sargento, con muchas pecas, apareció frente a Kane y lo saludó.

—Sargento Krebs reportándose para el deber, señor.

—¿Podría llevarme a mis aposentos?

Fell eructó y murmuró.

—Probablemente —dijo, mientras desviaba la mirada, se daba la vuelta inexplicablemente y se alejaba.

Kane observó a Kreps por un momento. Luego lo siguió, alejándose de los reclusos y llegando a la entrada de la mansión.

Los reclusos seguían balbuceando mientras Groper les rogaba que le prestaran atención. Ya habían pasado por alto ascenderlo de rango dos veces, así que si conseguía obtener una nota «sobresaliente» en su próxima evaluación de eficiencia podría salvarse de quedar estancado en su rango actual por siempre. Miró con furia a los reclusos y gritó:

—¡Por Dios, ya *cállense*!

—Groper, te faltó decir «Simón dice» —le indicó Cutshaw.

—Simón dice: ¡Atención! —vociferó Groper con más fuerza.

Los hombres prestaron atención y se callaron de inmediato, todos menos el paciente que tenía aretes y una espada, quien comenzó a leerle a Groper sus derechos:

—Tienes derecho a guardar silencio —dijo el recluso.

Kane observaba y evaluaba a cada uno de los hombres. Luego su mirada se entrelazó con los ojos azules e imperturbables de Billy Cutshaw, quien lo observaba fijamente.

Kane devolvió el saludo a Groper y se aproximó a la puerta de la mansión. Llegando a la puerta se dio la vuelta y se percató de que los ojos del capitán Cutshaw seguían fijos en él. Kane pasó sus dedos largos y musculosos por su cara, siguiendo el rastro de un recuerdo, una deformidad que un cirujano plástico coreano había borrado hace varios años. Una quemadura que atravesaba su cara como un rayo, desde el ojo hasta la punta del mentón. Kane entró a la mansión.

Más tarde Groper meditaba melancólicamente en su oficina, pasando de la ira a la depresión. Había sido el soldado estadounidense más condecorado durante la Segunda Guerra Mundial, elogiado en múltiples ocasiones por su valor en Corea, ascendido en los rangos, empezando con su participación en el campo de guerra durante La batalla de las Ardenas. Su carrera militar, antes prometedora, ahora se había desgastado y prácticamente desvanecido, llena de objetivos no cumplidos. En cuanto a su vida personal, una pila de rechazo. Lo único que había progresado en él era su ira. Ahora odiaba a los reclusos y a Kane, frente a quien había sido humillado.

Kane. Había algo raro en él, pensó Groper. No podía decir exactamente qué, pero algo sobre Kane se sentía fuera de lugar, y a la vez familiar.

Era algo que lo incomodaba.

Capítulo tres

La clínica de Fell emanaba un aire de rebeldía. En las paredes, gruesas flechas de crayón rojo apuntaban a frascos que contenían «aspirinas», «curitas», «hilo dental» y «pastillas de limón». Otra apuntaba a un «buzón de sugerencias», y, por encima de todas estas, una inscripción en color verde que decía: «AUTOSERVICIO».

Fell se encontraba de pie junto a su escritorio, al lado de un esqueleto. En la base del cráneo había puesto una botella de whisky, colocada estratégicamente para que el alcohol saliera por los espacios donde había algunos dientes faltantes, directo a su taza de café, la cual sostenía justo debajo de la boca de la botella.

—No me culpe —murmuró Fell—. Les dije que no lo operaran.

Tomó un trago de whisky con café e hizo una mueca. Luego tomó una pila de carpetas de su escritorio y salió al gran salón principal de la mansión.

De igual manera que el exterior de la mansión, el salón era una mezcla de estilo Tudor y gótico, enorme y sofocante, con paredes fabricadas con grandes bloques de piedra y techos altos de catedral entrelazados por vigas. Alrededor del salón había muchas habitaciones que ahora se utilizaban como la oficina del oficial al mando, la oficina del oficial asistente, la clínica, el cuarto de servicio y los dormitorios de los reclusos. En una de las grandes paredes estaba colgado un póster ampliado de la película *Drácula*, el cual tenía escrito: «El terror sangriento de Transilvania». Frente a este había una escalera de caracol que llevaba a las habitaciones del segundo piso, donde se alojaba el personal del campamento. El centro del salón principal era utilizado como habitación de terapia para los pacientes. Estaba abarrotado de sillones, juegos de ajedrez, mesas de ping-pong, un estéreo, una pantalla y un proyector para películas, café, bebidas sin alcohol, máquinas de cigarrillos, mesas para escribir, revistas y caballetes con lienzos llenos de pinturas vívidas hechas por los pacientes. Ninguna de las pinturas estaba terminada. Cada una de ellas era un relato de horror abruptamente interrumpido a la mitad de su narración. Una de ellas mostraba un dedo índice perforado por una aguja que apuntaba hacia arriba y escurría sangre. Otra mostraba un árbol, cuyas ramas superiores se transformaban en una boa constrictora enroscada en la cabeza de un niño, asfixiándolo. El creador de esta obra la había llamado *Amor maternal.* Otras eran caóticamente detalladas, hechas con tal precisión a la hora de dibujar que en una sola pintura podía observarse un martillo, parte de un brazo, un tren en movimiento, las ruedas de un torno, un ojo siniestro, un Cristo negro, un hacha ensangrentada, una bala saliendo disparada y una criatura que era mitad lagartija y mitad hombre. Otra pintura mostraba una ciudad en llamas, grandes nubes de humo negro y denso, y hasta arriba de la escena, casi microscópico, había un bombardero plateado atravesado por una lanza. Escrita en el fuselaje, en letras rojas, estaba la palabra «YO».

Fell echó un vistazo alrededor del salón, que estaba extrañamente silencioso y vacío. Caminó hacia la oficina de Kane, abrió la puerta y entró.

Kane estaba desempacando algunos libros de una maleta grande que tenía en su escritorio. Estaba de espaldas a Fell, pero cuando escuchó la puerta abriéndose, se dio la vuelta inmediatamente.

—¿Cómo le va? —preguntó Fell, mientras cerraba la puerta.

—¿No planea vestirse? —preguntó Kane. Fell seguía sin pantalones.

—¿Cómo diablos quiere que me vista si el teniente Fromme no me entrega mis pantalones? —respondió Fell—. ¿Sugiere que se los arranque?

—No, no debemos ser represivos —respondió Kane.

—¡Tampoco debemos arrugar los pantalones!

—Por supuesto —la voz de Kane era amable, como si cada ser viviente que habitaba ahí fuera su paciente. Siguió sacando libros de su maleta y los colocó en los libreros que había en la pared, junto a una bandera estadounidense colgada en diagonal, la cual había reemplazado a la lanza medieval que se encontraba ahí antes. La habitación solía ser una sala de estar. Las paredes eran de madera de roble oscura y estaban cubiertas de cabezas de animal que parecían observarte desde lo alto. Lo único en la habitación que daba idea de estar en el presente era la bandera y algunos retratos del presidente Lyndon Johnson y el presidente de la Junta de Jefes de Estado que estaban en la pared detrás del escritorio, enmarcados en cuadros que hacían juego y en una pose que sugería que ya no se hablaban más.

—Tenga —dijo Fell mientras aventaba las carpetas en el escritorio—. Un regalo para usted: los expedientes de los pacientes.

Involuntariamente, los ojos de Fell se fijaron en uno de los libros que traía Kane en su maleta. Un misal de la Iglesia Católica Romana. Reflexionó un momento sobre las implicaciones de esto, luego volvió su mirada hacia Kane.

—¿Puedo darle un consejo? —preguntó Fell.

De pronto, la puerta de la oficina se abrió de un golpe, con tal fuerza que al golpear la pared desprendió un poco de yeso del techo.

—¿Puedo pasar? —preguntó Cutshaw, el astronauta.

Cerró la puerta y avanzó hacia donde estaba Kane.

—Soy Billy Cutshaw —anunció con un tono amenazante—. Así que tú eres el chico nuevo.

Kane terminó de acomodar unos libros en la repisa antes de darse la vuelta.

—Sí, soy el coronel Hudson Kane.

—¿Puedo llamarte Hud?

—¿Por qué no me llama coronel?

—¿Tú eres el que prepara el pollo?

—El coronel Kane es psiquiatra —comentó Fell, desplomándose en una silla junto a un gran ventanal con vista a la bahía.

—Claro. Y me dicen que eres un doctor —refutó Cutshaw. Luego le dijo a Fell—: Este hombre se dedica a tratar cocodrilos que sufren de acné. Escucha, ¡empaca tus cosas y lárgate, Hud! ¡Me importa un carajo si eres Shirley MacLaine en persona! Tengo órdenes de indicarte que tu estancia aquí terminó. ¡Vete! ¡Mueve el culo y sal de aquí! —tiró la maleta de Kane del escritorio.

Kane lo observó con calma.

—¿Alguien se lo *ordenó*? —preguntó Kane—. ¿Quién se lo *ordenó*, Cutshaw?

—Fuerzas invisibles que son demasiadas para enumerarlas todas. Revisa el archivo. ¡Todo viene en el archivo! —Cutshaw tomó los expedientes del escritorio y empezó a revisar rápidamente los nombres de todos, tirándolos uno por uno en el suelo—. Todo está en el archivo —dijo emocionado— está clasificado como «voces misteriosas». Juana de Arco no estaba demente, ¡tenía muy buen oído! —Cutshaw tiró todas las carpetas menos una—. ¡Aquí está! ¡Mi expediente! ¡Este es! Ten, léelo, Hud. Léelo en voz alta. Es mi terapia.

—¿Por qué mejor no...?

—¡Si no lo lees voy a enloquecer, carajo! ¡Te lo juro! ¡Y *tú* serás el único culpable!

—Está bien, Cutshaw —Kane tomó la carpeta de las manos del astronauta—. Siéntese.

Cutshaw se abalanzó sobre Fell y se sentó en su regazo. Algo crujió.

—Creo que la bolsa de Fritos que tenía en mi bolsillo pasó a mejor vida.

Fell volteó a ver su taza de café y la expresión en su cara cambió.

—¿Podrías decirle a Fromme que me devuelva mis pantalones? —le dijo al astronauta.

—«Piensa en las flores del campo» —citó Cutshaw.

Luego saltó del regazó de Fell y se sentó en una silla de madera que estaba frente al escritorio. Volteó a ver a Kane sin parpadear y le dijo:

—Estoy esperando.

Kane empezó a leer:

—«...Cutshaw, Billy Thomas, capitán, Cuerpo de Marines de los Estados Unidos...».

Cutshaw articulaba las palabras con los labios mientras Kane seguía leyendo en voz alta:

—«Dos días antes de un viaje espacial programado, mientras cenaba en la base, el oficial en cuestión tomó una botella de cátsup, dibujó una línea roja a lo largo de su garganta, comenzó a tambalearse y después se arrojó con fuerza sobre una mesa en la cual se encontraba el director de la Administración Nacional de la Aeronáutica y el Espacio, balbuceando: "No... pidan... el pez espada..."».

Después de eso, todo estuvo en silencio por unos segundos. Los ojos de Kane estaban fijos en el documento, mientras Fell se quitaba una pelusa de su camisa.

Cutshaw tomó una medalla que colgaba de su cuello.

—¡Estás mirando mi medalla! —le gritó a Kane—. ¡Deja de mirar mi medalla!

—No la estoy mirando.

—¡Claro que sí! ¡La quieres!

Kane volvió a ver el expediente para seguir leyendo.

—«Por consiguiente…».

—¿Verdad que es hermosa?

—Sí, es muy…

—¡Hijo de perra! ¡Lo sabía! ¡Sí la estabas mirando!

—Lo siento.

—¡Claro que lo sientes! ¿Y eso de qué sirve? El daño está hecho, maldito cerdo envidioso. ¿Cómo voy a *comer* ahora? ¿Cómo voy a *dormir* en paz? ¡Estaré nervioso, temblando todo el tiempo, esperando a que un coronel ambicioso y cleptómano entre sin hacer ruido mientras duermo para arrebatarme mi medalla!

—Si tratara de hacer eso, se despertaría de inmediato —dijo Kane, tratando de tranquilizarlo.

—Podrías poner drogas muy potentes en mi sopa.

Kane se le quedó viendo, luego siguió leyendo el expediente:

—«Al día siguiente, a las 05:00, el oficial en cuestión ingresó a la cápsula espacial, pero cuando se le indicó que empezara la cuenta regresiva, en lugar de esto empezó a decir: "¡Estoy harto de que me utilicen!". Mientras lo escoltaban fuera de la cápsula, el oficial en cuestión anunció explícitamente que si lo "nominaban" no aceptaría, y que si "resultaba electo", se la pasaría todo el tiempo vomitando en la oficina. Luego expresó con gran convicción que ir a la luna le parecía "algo malo, burdo y, encima de todo, malo para la piel"».

Fell trató de ahogar una risita y Cutshaw volteó a verlo furioso.

—¿Qué? ¿Te parece gracioso?

Cutshaw se levantó de la silla y empezó a tirar al suelo los libros que estaban en los estantes.

—¡Empaca tus cosas y vete, Hud! ¡Ya estoy harto!

De pronto se detuvo y se quedó viendo la portada de un libro.

—¿Qué diablos es esto? ¿«Teilhard de Chardin»?

Parecía sorprendido por los libros que había en la repisa.

—«*Biblia de Douay*, Tomás Becket»...

Cutshaw sacudió la cabeza y se acercó a Kane.

—Si es católico seguro que es drogadicto —dijo.

Le arrancó la manga a la camisa del psiquiatra, desde la muñeca hasta el hombro y revisó su brazo.

Volteó a ver a Fell.

—Los hoyos de las agujas están muy bien ocultos —dijo en tono acusativo.

—¿Por qué no quiere ir a la luna? —dijo Kane en voz baja.

—¿Por qué los camellos tienen jorobas y las cobras no? Por el amor de Dios, no le pidas al corazón que explique sus motivos. ¡Los motivos son peligrosos! El punto es que Custer llamó indio a Toro Sentado. ¿No te da gusto saberlo?

—¿Por qué no quiere ir? —insistió Kane.

—¿Para qué ir? ¿Qué diablos hay allá arriba?

—Cuando Cristóbal Colón salió de España, ¿soñó acaso que descubriría América?

—Lo único que había en sus sueños eran brújulas. El idiota sale en búsqueda de una ruta para India y termina plantando su bandera en Pismo Beach.

—No fue en…

—¡Hud, ya he visto las rocas lunares! Tienen pedacitos de cristal en el interior. Qué emocionante, ¿verdad?

—Sigue sin darme un motivo, Cutshaw.

—Solo los idiotas bailan después de la cena —recitó Cutshaw—. Los jeques duermen.

—¿Qué significa eso? —preguntó Kane.

—¿Y yo qué sé? Las *voces* me indicaron que lo dijera —respondió Cutshaw en tono defensivo.

—Cutshaw…

—¡Espera un momento, espera, espera, espera!

El astronauta volvió a sentarse y se llevó la mano a la ceja. Cerró los ojos fuertemente, concentrándose en sus pensamientos.

—Estoy recibiendo un mensaje del plano astral. Es Atila, el huno. Quiere saber si aceptas los cargos.

—No —respondió Fell.

—¡Díselo tú entonces!

La puerta se abrió de golpe.

—Dr. Fell, necesito ayuda.

Un paciente con boina estaba parado en la entrada. En una mano tenía una paleta y en la otra un pincel.

—¿Cuál es el problema? —preguntó Fell.

—¿Cuál va a ser? ¡Leslie! ¡Siempre Leslie!

—El capitán Leslie Morris Fairbanks —le indicó Fell a Kane.

El hombre de la boina temblaba de indignación.

—¡Me ha hecho *otra vez* la marca diabólica de Fairbanks! ¡Mire! ¡Estoy sangrando! —dijo haciendo muecas.

En realidad no estaba sangrando, pero en la parte trasera de su pantalón había una gran letra «F».

—¿Tú te hiciste esa herida? —preguntó Fell.

Pero ahora el paciente tenía su atención enfocada en Kane.

—¿Usted es el coronel Kane?

Kane asintió con la cabeza.

—Encantado de conocerlo. Soy Michelangelo Gomez —se acercó a Kane y tomó un poco de pintura con el pincel—. Tiene un color bilioso —dijo Gomez.

—¡Cuidado! —gritó Fell. Pero fue demasiado tarde, con un movimiento suave, Gomez había pintado de rojo las mejillas de Kane.

—¡Listo! —dijo Gomez alegremente—. No es una obra de arte pero al menos ya no parece Dorian Gray

—alzó su pincel en forma de saludo—. ¡*Ciao*! —dijo, y se fue.

Kane escuchó una respiración fuerte. Cutshaw estaba de pie a centímetros de él, tenía una mirada de loco, con los ojos brillantes y muy abiertos.

—De acuerdo, estoy listo para que me apliques el test de Rorschach —dijo. Acercó la silla al escritorio, se sentó y se quedó viendo impacientemente a Kane—. Vamos, empieza.

—¿Quiere que le haga un test de Rorschach? —preguntó Kane.

—¿Estoy hablando solo, maldita sea? Lo quiero ahora, mientras estás fresco y con las mejillas sonrosadas.

Kane se limpió la cara con un pañuelo.

—No tenemos tarjetas de Rorschach.

—¡Claro que sí! Revisa el cajón —respondió Cutshaw.

Kane abrió el cajón del escritorio y sacó un paquete de tarjetas de Rorschach.

—Muy bien —dijo Kane, sentándose detrás del escritorio—. Tome asiento.

Fell se acercó al escritorio para observar.

Kane le mostró una de las tarjetas de Rorschach y el astronauta acercó la cabeza, apretó los ojos tratando de concentrarse mientras estudiaba la mancha de tinta.

—¿Qué es lo que ve? —preguntó Kane.

—Toda mi vida pasando frente a mis ojos en un segundo.

—Por favor.

—Está bien, está bien. Veo una mujer vieja con ropa graciosa lanzándole dardos envenenados a un elefante.

—¿Y en esta? —preguntó Kane cambiando de tarjeta.

—A Kafka platicando con una chinche.

—Correcto.

—Eres un mentiroso de mierda, ¿lo sabías?

—Yo también pensé que era Kafka —intervino Fell, mientras estudiaba la tarjeta con interés.

—Tú no podrías diferenciar a Kafka de Bette Davis —respondió Cutshaw—. Y tú estás loco de atar —le dijo a Kane.

—Sí, es posible.

Cutshaw se levantó y dijo:

—Eres un bastardo zalamero. ¿Siempre le besas el culo a los loquitos que tratas?

—No.

—Me agradas, Kane. Eres un gran tipo.

Cutshaw se arrancó la medalla del cuello y la aventó sobre el escritorio.

—Ten, toma la medalla. Yo tomaré un libro.

Tomó una copia de *Lo que yo creo* de Teilhard de Chardin.

—¿Ahora se comportará por una semana? —preguntó Kane.

—No, soy un mentiroso incorregible —Cutshaw se acercó a la puerta y la abrió con tal fuerza que el yeso del techo se aflojó de nuevo—. ¿Puedo irme? —su voz sonaba sincera e infantil.

—Sí —respondió Kane.

—Eres un hombre muy sabio, Van Helsing —dijo Cutshaw imitando la voz de Drácula—, para ser alguien que solo ha vivido una vida.

Salió por la puerta y desapareció.

Kane levantó la medalla.

—«San Cristóbal» —murmuró.

—Protégenos —añadió Fell.

Kane dio vuelta a la medalla y dijo sin inflexión:

—Hay algo grabado en el reverso.

—¿*Ora pro nobis*?

—«Soy budista, en caso de accidente, llamen a un lama».

Fell no reaccionó, se limitó a recoger un libro del suelo.

—¿A qué religión pertenece Cutshaw? —preguntó Kane.

—No lo sé. Lea el expediente, todo está ahí.

Fell leyó el título del libro que había levantado del suelo. *Psicología elemental*. Lo hojeó y vio que había algunas anotaciones y frases subrayadas.

Kane le quitó el libro a Fell y lo puso en un estante. En alguna parte de la mansión, se escuchó la voz de un hombre que gritaba: «¡Malditos venusianos de mierda! ¡Más les vale que se comporten!».

—Es un hombre afortunado, Kane —suspiró Fell.

—¿Lo soy?

—Pues es usted uno en un millón. ¿No lo cree? Un hombre de servicio adecuadamente asignado.

—¿Usted no?

—Soy pediatra.

—Ya veo —dijo Kane, mientras seguía acomodando sus libros.

—Bueno, dejémoslo así, coronel. ¡Relájese!

Fell se agachó para levantar unos papeles.

—Todos estamos mal asignados —murmuró Kane.

—¿Qué dijo? No lo escuché —dijo Fell, alzando la mirada.

Kane dejó de acomodar los libros, su expresión se ensombreció.

—Antes de Pearl Harbor, pensé que sería sacerdote. Todos estamos mal asignados, de uno u otro modo, por el simple hecho de haber nacido… —su voz se fue apagando.

Fell esperó, alerta y observando con interés. No había rastros de su excéntrica personalidad. Sus ojos brillaban con entusiasmo, inteligencia y solidaridad.

—¿Sí? —dijo, incitándolo a seguir.

—No lo sé —dijo Kane. Su cara seguía parcialmente oculta—. Pienso en enfermedades, terremotos, guerras —agachó la cabeza—. Muertes dolorosas. Muertes de niños. Niños con cáncer. Si todo esto es parte de nuestro ecosistema natural, ¿por qué nos horrorizan tanto? ¿Por qué lo vemos como algo malvado? A menos que… estemos programados… para otro lugar —pronunció las palabras con sentimiento. Su voz sonaba como si estuviera muy alejada—. Tal vez la conciencia es el recuerdo que tenemos de cómo solían ser las cosas. Supongamos que no hemos evolucionado, que en realidad vamos en reversa… cada vez más y más alienados de… —Kane se detuvo.

—¿De qué?

—Los psicólogos no debemos decir «Dios».

—No se preocupe, me aseguraré de anotarlo en su expediente. Continúe.

—Tal vez todo lo malvado no es más que frustración, una separación de aquello para lo que estábamos destinados —continuó Kane—. Y tal vez la culpa solo es el dolor que sentimos por esa separación, esa soledad por estar lejos de Dios. Somos como un pez fuera del agua, Fell. Tal vez por eso los hombres enloquecen.

Por un momento hubo silencio. Cuando Kane volvió a hablar, su voz no era más que un susurro.

—No creo que la maldad radique en la locura. Creo que la locura radica en la maldad.

Un par de pantalones entraron volando a la habitación y golpearon a Fell en el pecho.

—Qué bien, aquí están mis pantalones —dijo con naturalidad.

Cutshaw estaba parado en la entrada.

—Fromme ha decidido donar todos sus bienes a los pobres... de mente.

Volteó a ver a Kane, frunciendo el ceño, y desapareció.

Un perro greñudo, que definitivamente no era de raza pura, entró de pronto a la habitación. Se acercó al escritorio y lo olfateó.

—¿Qué es esto? —preguntó Kane.

El perro levantó una pata para orinar.

—Me parece que es un perro —respondió Fell.

El perro empezó a mordisquear los pantalones de Fell. Gruñía y los jalaba, y Fell los jalaba también.

—¡Maldita sea! ¡*Mis pantalones no*! —gritó.

De pronto el perro soltó los pantalones y salió corriendo a donde estaba Kane. Se escondió detrás de él, asustado, justo en el momento en el que un paciente, que parecía un elfo, entraba en la habitación. Usaba una capa negra andrajosa sobre su uniforme verde. Se acercó al perro.

—¡Así que *aquí* estabas, holgazán!

Groper entró corriendo en la habitación y jaló al paciente.

—Lo siento, coronel Kane —dijo Groper—. Es difícil seguirles la pista a todos estos...

—Por favor, suéltelo —le dijo Kane.

—¿Señor?

—Suéltelo —repitió Kane. Su voz era suave, pero Groper se sintió inexplicablemente amenazado. Soltó al paciente.

—Pueden venir a verme siempre que lo necesiten —añadió Kane.

—¿Escuchaste? —dijo Reno con satisfacción, mientras miraba a Groper con un brillo en los ojos.

—Lo que usted diga, coronel Kane —balbuceó Groper. Se dio la vuelta y se alejó rápidamente, feliz de poder largarse de ahí.

—Ese hombre es un lunático peligroso —dijo Reno.

—Teniente David Reno, coronel Hudson Kate —dijo Fell, presentándolos. Luego puso su brazo alrededor del hombro de Reno—. Reno es un piloto de B-52 —apretó su hombro en señal de camaradería y dijo—: ¿no es así, amigo?

—Vete al carajo —respondió Reno viendo con disgusto a Fell.

—¿Es su perro? —preguntó Kane, volteando hacia abajo.

—¿Le parece que es mi cebra? Dios, ¿cuál es su *problema*, gente? —el perro estaba lamiendo el zapato de Kane—. Mire, creo que le agrada —dijo Reno.

—¿Cómo se llama?

—Irresponsable. Tiene diez minutos de retraso

para el ensayo. ¡Ahora *fuera*! —le ordenó Reno al perro. Salió de la habitación con aspecto solemne, y en el fondo Kane alcanzó a ver a Fairbanks deslizándose ágilmente desde la cortina del segundo piso.

Fell carraspeó y dijo:

—Teniente, creo que al coronel le gustaría escuchar sobre su trabajo.

Reno se encogió de hombros.

—¿Pilotar? ¡Es pan comido! ¡Se lo dejo a los cuervos, a los halcones y a las golondrinas! ¡Yo no soy un simple artefacto! ¡No soy un murciélago albino! Cuidado con su copa, está escurriendo.

—No, no pilotar —dijo Fell—. Su *otro* trabajo. Cuéntele al coronel.

—¡Ah! ¡Se refiere a mi trabajo artístico!

—El teniente Reno está adaptando obras de Shakespeare… para perros —explicó Fell.

—¡Un trabajo de amor! —añadió Reno con orgullo—. ¡Y un maldito dolor de cabeza! ¡Pero por Dios, *alguien* tiene que hacerlo! ¿Puede repetirme su nombre?

—Hudson Kane.

—Demasiado judío. Lo cambiaremos. ¿Quiere venir al ensayo?

—¿Qué están ensayando?

—Estamos haciendo una escena apasionante de *Julio César*, en la que este noble dálmata se amarra la toga al cuello de este modo —emocionado, hizo un ademán con su capa—. Y luego gruñe: «¿*Et tu*, Colmillo Blanco?».

Ni Kane ni Fell reaccionaron. Lentamente, Reno bajó la capa, la loca sonrisa de triunfo se desvaneció de su rostro.

—Lo odian —dijo.

—Para nada —respondió Kane rápidamente—. Me parece muy interesante.

—Bien. Tendremos que discutir los detalles más a fondo después. De hecho, me gustaría mucho conocer su opinión sobre el problema que tengo para elegir al elenco de *Hamlet*. Verá, si pongo a un gran danés en el papel principal, los malditos críticos podrían acusarme de…

Reno se detuvo cuando escuchó al perro ladrar insistentemente desde afuera de la oficina.

—Está totalmente fuera de sí —se lamentó Reno—. Carajo, ¿por qué tengo que vivir así? Un papel y ya se siente Barbra Streisand.

Se amarró la capa alrededor del cuello y se dirigió a la puerta diciendo:

—¡Espera! ¡Ya voy! ¡Ya voy, Rip Torn! —se detuvo en la puerta y le dijo a Kane—: Lee los clásicos, es bueno para el sistema respiratorio. Y entonces se fue.

Podían escucharlo regañar al perro.

—¿Dónde están tus modales, Rip Torn? ¿Dónde demonios te criaron? ¿En un establo?

Kane esperó. Luego volteó a ver a Fell.

—¿Todos están tan mal?

—O todos son igualmente ingeniosos.

—Entonces usted cree que están fingiendo.

—No lo sé —Fell estaba sentado en la orilla del escritorio. Sacó un cigarro, lo encendió e inhaló el humo—. Yo solo he estado aquí una semana.

—¿Tan poco tiempo?

—Sí —fumó otro poco—. Supongo que el mayor misterio es Cutshaw.

—¿Por qué Cutshaw?

—Pues él no estaba en combate. ¿Para qué fingiría?

Kane agachó la cabeza y dijo suavemente:

—Sí.

Se acercó a la ventana y miró hacia afuera. La mansión estaba cubierta por una niebla espesa.

—Por otro lado, todos estos hombres tienen coeficientes intelectuales muy altos —añadió Fell—. Algunos podrían considerarse casi genios, y la mayoría de los farsantes que he visto en el tiempo que he estado en servicio se limitan a pasearse como tontos frente al comité de revisión y luego se orinan, preferentemente en la pierna de algún oficial.

Kane asintió con la cabeza.

—Sus obsesiones son demasiado ingeniosas —continuó Fell—. Son demasiado salvajes, demasiado palpables. ¿Pero cómo es que todos estos hombres tienen obsesiones? ¿Estarán confabulados? ¿Habrán sido secuestrados por marcianos? ¿Qué diablos les pasa? ¿Y cómo se puede creer que un hombre como Bennish esté fingiendo demencia para huir del combate? Él tiene una Medalla de Honor otorgada por el Congreso. No me cuadra, para nada. ¿Qué piensa usted?

Kane se dio la vuelta para responder, pero solo se quedó mirando la puerta. Fell siguió su mirada. Krebs estaba parado en el salón principal, moviéndose rápidamente mientras seguía a Fairbanks, que estaba disfrazado de monja. Su florete asomaba por un lado del hábito, y llevaba unos enormes lentes de sol redondos en la cara. También cargaba una gran taza de hojalata llena de monedas que tintineaban.

—Es una de mis múltiples personalidades —dijo—. Soy la hermana Eve Black.

Krebs dijo algo que ni Kane ni Fell alcanzaron a escuchar, pero la respuesta de Fairbanks fue totalmente perceptible:

—La Congregación de Hermanitas de los Pobres es una institución de caridad muy reconocida, Krebs. ¡Vete al carajo!

Fell cerró la puerta y sacudió la cabeza.

—Fairbanks. Ese es otro misterio —se sentó en el sofá, alcanzó un cenicero que estaba en la mesa y puso ahí su cigarro—. Quién sabe. Él estaba pilotando el avión que obtuvimos de los británicos, ya sabe, el que despega en vertical y vuela derecho. Veinticuatro de ellos se estrellaron sin razón aparente. Y justo después de que el número veinticuatro se estrelló, Fairbanks perdió la cordura. Tal vez lo mejor sería darles a todos terapia de *electroshock*. Eso nos ayudaría a distinguir a los farsantes, ¿no cree? —vio que Kane observaba sus *boxers*, donde estaban bordadas en rojo las palabras «Licores Vendôme»—. ¿No lo cree? —insistió Fell.

Kane se le quedó viendo con detenimiento.

—Usted me recuerda a alguien.

—¿A quién?

—No lo sé, simplemente me parece familiar. Ya me acordaré.

—También Ann Rutherford, solo cambie su nombre a Andy Hardy.

Kane siguió analizándolo por un momento, luego se agachó para levantar libros y expedientes del suelo.

—¿Le gustó mi idea sobre la terapia de *electroshock*? —preguntó Fell.

—Creí que estaba bromeando.

—¿Bromeando? ¿Yo? ¿En serio?

—Lo pensaré.

—Sí, piénselo —dijo Fell—. Piénselo bien. Para eso le pagan. Y avíseme cuando se le ocurra una respuesta.

Kane asintió sin prestarle mucha atención. Fell lo observó por un instante, luego abrió la puerta y salió. Se fue a su habitación y, usando una línea privada, marcó un número. Se comunicó con la oficina de un general en el Pentágono. Cuando respondieron la llamada, Fell dijo:

—Está aquí, señor.

Capítulo cuatro

La mayoría de la niebla se había disipado, la tarde caía. Nubes de lluvia amenazaban en el horizonte. Kane estaba sentado en su escritorio, sus ojos parecían pozos en un rostro demacrado, era el rostro de un hombre con una tarea urgente que cumplir. Había leído los historiales de todos los pacientes y ahora se encontraba absorto en un libro especializado de psiquiatría. Frecuentemente, subrayaba fragmentos con un lápiz amarillo. Era la tarde de su llegada al centro.

Ajustó la lámpara de su escritorio, acercando la luz al libro. Luego bajó la cabeza y cerró los ojos por un momento. Su respiración era profunda y fuerte, a punto de quedarse dormido. Se levantó abruptamente, se frotó los ojos y siguió leyendo. Subrayó una parte del texto que hablaba sobre los aspectos curativos de la terapia de choques. Lo analizó por un momento.

Luego volteó a ver la medalla de Cutshaw, la cual seguía en su escritorio.

De pronto se abrió la puerta de su oficina. Era Cutshaw, llevaba traje de baño y una toalla sobre el hombro. Traía flotadores, además de una cubeta y una pala para niños en la mano. Usaba aletas en los pies y tanto el traje de baño como la toalla tenían un diseño polinesio que hacía juego. Cerró la puerta de la oficina detrás de él.

—Vamos a la playa —dijo.

Kane acercó la lámpara aún más al libro, de modo que su cara quedara oculta en la oscuridad.

—Es de noche y está empezando a llover —respondió amablemente.

Cutshaw se acercó, sus aletas hacían un sonido rechinante contra el piso de roble a cada paso que daba. Tenía las cejas arqueadas y el ceño fruncido.

—¡Ya veo que estás *decidido* a iniciar una discusión! Está bien, entonces juguemos al doctor.

—No.

—Entonces matatena, ¿quieres jugar matatena?

—No, no quiero.

—¡Por *Dios*, no quieres hacer *nada*! —gritó Cutshaw—. ¡No hay nada que hacer en este lugar! ¡Me estoy volviendo *loco*!

—Cutshaw...

—¿Qué tengo que hacer para que me dejes hablar?

¿Ofrecer un sacrificio? ¡Bueno, aquí lo tienes! —volcó la cubeta sobre el escritorio, la levantó y la arrojó, revelando un montículo de tierra húmeda sobre uno de los expedientes abiertos—. Te traje un pastel de lodo. ¿Ahora puedo hablar contigo?

—¿Quiere hablar sobre la luna?

—Escucha, todos *saben* que la luna está hecha de roquefort; he venido a hablarte sobre el coronel Fell.

—¿Qué pasa con él?

—¿Qué *pasa* con él? ¿Eres de *piedra* o qué? ¡Por Dios! El capitán Nammack se le acercó esta mañana quejándose de un extraño y peligroso padecimiento, ¿y sabes qué le prescribió ese charlatán? Le dijo: «Tome esto. Es una píldora suicida con un leve efecto laxante secundario». ¿Qué forma de tratar a los pacientes es esa?

—¿Qué le pasa a Nammack? —preguntó Kane suavemente.

—Tiene el útero ladeado.

—Ya veo.

—Dile eso a Nammack a ver si le brinda alivio en su agonía. ¿Qué se supone que debo decirle? «Escucha, Nammack, relájate. Ya hablé con el coronel Kane y dijo que te compadece por tu problema, y dice que te llenes el maldito útero de píldoras suicidas y aspirinas, ya que Fell puede ser errático, pero justo». Ah, y también dice: «Ya veo» —el astronauta adoptó de repente un tono de voz quejumbroso—. Vamos a la playa —repitió—. ¡Anda, *vamos*! —golpeó su pie contra el suelo en señal de enfado y la aleta sonó como un látigo contra el suelo de madera.

—Está oscuro y está lloviendo —respondió Kane.

La cara de Cutshaw se retorció de ira. Tomó la pala del escritorio y la rompió en dos de un golpe.

—¡Ahí lo tienes! *¡Rompí* la flecha de la paz! —arrojó los pedazos al suelo—. ¡Hijo de perra! ¿Quién carajo eres? Empiezo a pensar que eres Fairbanks en alguno de sus extraños disfraces. Una vez traía puesta la piel de un caribú, el muy idiota, pero claro que lo reconocimos. ¿Sabes qué le hicimos? ¡Le aplicamos la ley del hielo! Ni siquiera reconocíamos su presencia, ese imbécil insolente con sus estúpidas astas. Finalmente se quebró —los ojos del astronauta se entrecerraron mientras escudriñaba a Kane—. ¿En verdad eres católico? —preguntó.

—Sí.

—Qué mal por ti. Yo soy un ostentoso caballero andante. ¿Quieres preguntarme en qué creo?

—¿En qué cree?

—Yo creo que los coroneles se casan con alces. ¡Ahora sal de aquí, Hud! ¡Me haces perder la paciencia!

—¿Quiere que me vaya? —preguntó Kane.

Cutshaw se inclinó sobre el escritorio y tomó a Kane de la muñeca.

—¿Estás loco? —los ojos se le salían, llenos de miedo—. ¿Y perder al único amigo que tengo? —gritó—. ¡Por el amor de Dios, Hud, no lo hagas! ¡Por favor! ¡No te vayas! ¡No me dejes solo en esta casa de horror!

Los ojos del coronel se llenaron de lástima.

—No, no me iré, lo prometo. Siéntese. Siéntese y hablemos —dijo con voz tranquilizadora.

—¡Sí! —gritó Cutshaw—. ¡Quiero hablar! ¡Quiero terapia! —soltó la muñeca de Kane y se calmó de inmediato. Fue hasta el sofá que estaba en la pared, se arrojó sobre él y se recostó, volteando a ver el techo—. Bueno, ¿por dónde empiezo?

—Asociación libre —sugirió Kane.

Cutshaw volteó a verlo con severidad. Se levantó, caminó hasta el escritorio, tomó su medalla y regresó a recostarse en el sofá.

—Ahora unas breves palabras sobre mi infancia. Nací en Dakota del Norte, en una pequeña…

—Su expediente dice que nació en Brooklyn —dijo Kane.

—¡Escucha, si quieres yo me siento ahí, y tú ven a recostarte al sofá a ver qué tan bien lo haces! ¿De quién es la sesión de terapia?

—Suya —dijo Kane.

—¿Por qué uno no puede hacer preguntas retóricas sin que un imbécil trate de contestarlas? ¡Guarda *silencio*! —gritó Cutshaw—. Tenía tres tías solteronas

—dijo con calma—, sus nombres eran Fea, Vulgar y Ordinaria, y cada Navidad me compraban un juego de Monopolio de una tienda de segunda mano, y siempre les faltaba el tablero. Nunca tuve el puto tablero. Claro, finalmente yo hice uno, pero qué tan bien suena: «¿Vas directamente a la navaja sin pasar por la rana?». Ni siquiera pude ver un tablero de verdad hasta que tuve casi veinte años, ¡y tuve que ponerme un hielo en la nuca para dejar de temblar! En fin, qué carajo, el caso es que nunca tuve un tablero. Pero nunca usé eso como pretexto, Hud, nada de esa mierda de Jack el Destripador. Sí, claro, Jack el Destripador no era más que un incomprendido: a los seis años tenía un cuchillo de la suerte llamado «Pimpollo» y alguien se lo robó, así que Jack pasó el resto de su vida buscándolo, y por alguna razón tenía la loca idea de que el cuchillo estaba escondido en la *garganta* de alguien. ¿Tú te tragas esa mierda? Puedes responder.

—No —dijo Kane.

—Eres gracioso. Había niños en mi cuadra a los que les gustaba torturar orugas. Las cortaban y las quemaban. ¿Y sabes por qué lo hacían? Porque eran unos pequeños bastardos. Todos esos adultos bastardos e insensibles *empezaron* siendo pequeños bastardos. Muéstrame a un niño que tortura orugas y ahí tienes a un futuro hijo de perra. ¿Estás de acuerdo? Yo siempre busco aprobación. La *necesito*. Prefiero mil veces tener aprobación que un pan con mermelada y yogurt. A propósito, ¿has notado que Groper nunca se baña? ¡Es porque veríamos la sangre de oruga en sus piernas! ¡Es un bastardo lleno de odio! Es todo un Santa Claus: cada Navidad se sube a su trineo para llevarle explosivos a los pobres. Ese hijo de perra. Un tonto perro vagabundo con la cola enroscada llegó el otro día al puente levadizo y empezó a gimotearle y lamerle el zapato a Groper. Y él sacó su navaja de inmediato y le cortó la cola al perro, ahí tienes al perro aullando como loco y Groper dice que lo hizo por su bien porque tenía pulgas y estas se acumulan en la cola. ¡Te juro por Dios que está cubierto hasta las rodillas por sangre de oruga! ¿Sabes?, trabajó muchos años en la revista *Time*, y pasó mucho tiempo hablando como si leyera titulares. Siempre decía cosas como: «Después del melón, la uva», y otras estupideces como esa en el comedor. También le encantaba decir «baraúnda», pero esos fueron los viejos tiempos, Hud. Ahora solo lo hace cuando bebe. El pobre imbécil solía ser un coronel, ¿sabías? Un día se le ocurrió decir «baraúnda» frente a MacArthur y lo rebajaron a comandante. Despierta. ¿Estás despierto? —el astronauta volteó a ver a Kane.

—Sí, estoy despierto —respondió Kane.

—Ya me di cuenta, pero estabas inclinando la cabeza, Catherine Earnshaw —Cutshaw volvió a recostarse y preguntó—: ¿Qué piensas de las áspides?

—¿Áspides?

—¡Eres completamente incapaz de dar una respuesta directa! —Cutshaw sacó una paleta de su bolsillo y empezó a lamerla ruidosamente.

—Cutshaw, ¿por qué usa esa banda en el brazo?

—Porque estoy de luto.

—¿Por quién?

—Por Dios —Cutshaw se sentó, se quitó las aletas y las arrojó al suelo—. Así es —dijo mientras arrojaba también la paleta—. Yo no pertenezco al grupito que dice que Dios está vivo y vive en Argentina —Cutshaw se levantó y empezó a caminar por la habitación de forma agitada—. ¡Basta! ¡Basta de hablar de Dios! Terminemos con esto, ya fue suficiente. Volvamos a la psiquiatría —se detuvo junto al escritorio—. Por cierto, eso me recuerda, ¡vaya psiquiatra que eres! Ni siquiera me has preguntado si tengo obsesiones.

—¿Tiene obsesiones?

—Sí, sí tengo. Odio los pies. En verdad no soporto verlos. ¿Cómo alguien tan supuestamente hermoso como Dios pudo darnos estos bultos tan feos a los que llamamos pies?

—Para que pudiéramos caminar.

—Yo no quiero caminar, ¡quiero volar! Los pies son deformes y vergonzosos —Cutshaw volteó a ver sus propios pies descalzos, volvió al sofá, se sentó y volvió a ponerse las aletas—. Si Dios existe —dijo—

es un soplón. Mejor dicho, es un pie: un Pie gigante omnisciente y omnipotente. ¿Crees que eso es una blasfemia?

—Sí, sí lo creo.

—No creo, lo escribí con «p» mayúscula.

El astronauta observaba a Kane, como si tratara de evaluarlo.

—¿Cuántas veces —preguntó finalmente— se puede romper un pincho para brochetas a la mitad? —se levantó del sofá, se agarró de los colmillos de la cabeza de un jabalí y empezó a balancearse suavemente hacia atrás y hacia adelante—. Todo tiene partes —continuó, en esa misma postura—. Un pincho tiene partes, así que, ¿cuántas veces puedes partirlo a la mitad? ¿Un número infinito de veces o un número determinado de veces? Si la respuesta es un número infinito de veces, entonces el pincho debe ser infinito. Eso es pura mierda, mierda de alce, admitámoslo. Pero, si solo puedo cortar el pincho a la mitad un determinado número de veces… si llego a una parte que ya no puede ser cortada a la mitad, suponiendo que yo fuera Pie y pudiera hacer todo lo que quisiera, lo que tendría en mis manos sería un pedazo de pincho que no tiene partes. Pero si no tiene partes, ¡entonces no existe! ¿Verdad? No. Lo veo en tus ojos. Crees que soy un viejo loco.

—Para nada —respondió Kane—. Simplemente no supo distinguir entre el orden real y el orden mental de las cosas. Mentalmente, en teoría, no existe un límite en cuanto al número de veces en el que se puede cortar el pincho a la mitad, pero en el orden real de las cosas, en otras palabras, de manera práctica, tendrías que llegar a un punto en el que, al cortar el pincho a la mitad, las mitades se convertirían en energía pura.

—¡Eres sabio, Pie! —dijo el astronauta. Algo brillaba en sus ojos, se bajó del sofá y fue corriendo hacia el escritorio, haciendo ruido con sus aletas de hule, y dejó la medalla de nuevo enfrente de Kane.

—Aprobaste —le dijo—. Ahora, ¿puedes probar que Pie existe?

—Simplemente lo creo —dijo Kane.

—¿Pero puedes *probarlo*?

—Hay algunos argumentos que validan su existencia.

—Oh, ¿los mismos argumentos que usamos para justificar el lanzamiento de bombas en Japón? Si son esos argumentos, ¡al *carajo* con ellos! —Cutshaw se inclinó y esparció todo el contenido de la cubeta sobre el escritorio de Kane—. A ver, dibuja diagramas en el lodo —volvió a tirarse en el sofá—. Más te vale que sean buenos —le advirtió, con un cojín en la cara que amortiguaba el sonido de su voz.

—Existe un argumento con bases bioquímicas —comenzó a decir Kane—. No es exactamente una prueba pero...

Cutshaw se volteó, bostezó de manera exagerada y revisó su reloj.

—Para que la vida haya aparecido de manera espontánea en la Tierra —continuó Kane— tendría que haber existido antes una molécula de proteína con cierta configuración disimétrica, la novena configuración. Pero de acuerdo con las leyes de la probabilidad, para que una molécula como esa apareciera de la nada, se requeriría un volumen de materia que fuera... pues billones y billones de veces más grande que todo el universo y, considerándolo estrictamente desde el punto de vista del tiempo...

—Tomando en cuenta el tiempo.

—Tomando en cuenta el tiempo, y dado un volumen de materia equivalente al de la Tierra, el número de años que requeriría dicha probabilidad sería de diez a la potencia, doscientos y cacho billones de años, un número con tantos ceros que si lo escribieras todo en un libro, este sería tan extenso como *Los hermanos Karamazov*. Y esto es solo para una molécula. Para que la vida apareciera se habrían necesitado *millones* de moléculas y todas *prácticamente* al mismo tiempo. Lo cual encuentro más fantástico que simplemente creer en un Dios.

Cutshaw se sentó.

—¿Terminaste?

—Sí.

Cutshaw se levantó, se dirigió a la puerta, se detuvo y dijo enigmáticamente:

—El despreciable de Groper come carne de venado sin bendecir —dio la vuelta y se alejó.

De pronto, se escuchó el sonido de un martillo golpeando yeso a través de la pared. Kane salió de su oficina y, del lado derecho de la puerta, vio a Fairbanks, que traía un casco de altitud de la Fuerza Aérea. Traía un mazo de mango corto en la mano y estaba mirando un hoyo en la pared. Groper corrió hacia él, maldiciendo:

—¡Lo *escondí*, demonios! ¡Lo *escondí*! —le quitó el martillo a Fairbanks—. ¿Cómo diablos lo encontraste? —gritó.

—No me *atrevería* a decirte *eso* —dijo Fairbanks. Le quitó de nuevo el martillo a Groper y le dijo—: Por favor, hazte a un lado.

—Hijo de…

Groper había alzado el brazo y estaba a punto de golpearlo, cuando Kane intervino.

—¡Comandante Groper!

—Señor, es que...

—No me importa lo que haya hecho; no debe ponerle las manos encima a ninguno de estos hombres por ningún motivo.

—Pero, coronel…

Groper estaba a punto de decir algo más, pero en

cuanto vio los ojos de Kane se detuvo, retrocedió, lo saludó rígidamente y regresó a sus aposentos.

Kane volteó a ver al paciente con amabilidad.

—Usted es el capitán Fairbanks, ¿verdad? —dijo Kane.

—Hoy no.

—Lo siento, habría jurado que…

—Hoy no. ¿Entiende? Personalidad múltiple. «En mi casa hay muchas moradas».

—Sí, entiendo.

—Soy el Dr. Franz von Pauli.

Kane colocó su brazo alrededor del hombro del paciente de forma paternal. Al fondo del salón pudo ver que Cutshaw los observaba desde la puerta del dormitorio. Kane volteó a ver el hoyo que había en la pared y dijo:

—¿Por qué hizo esto, capitán Fairbanks?

—¿Disculpe?

—¿Por qué le hizo esto a la pared?

—Pensé que estaba bromeando —los ojos del paciente eran intensos, de un color azul pálido, y su cara era inocente y regordeta, como la que uno esperaría encontrar en un baile lleno de alumnos de preparatoria.

—Lo hago —respondió— por el bien de la ciencia y la nucleónica. ¡Estoy *convencido* de que podemos caminar a través de las paredes! No solo yo, cualquiera.

Los policías, la gente, la gente de Nashville. ¡Son los *espacios*! Los espacios vacíos entre los átomos de mi cuerpo, o del suyo. ¿Le molesta que sea un poco confianzudo? ¿No? Si le incomoda, dígamelo.

—Adelante.

—¿Le duele la cabeza?

Kane había hecho una mueca como si sufriera de algún dolor repentino y punzante, agachando la cabeza y pellizcándose el puente de la nariz. Sus ojos estaban cerrados.

—No —dijo suavemente.

—Genial. Mire, todo depende del tamaño de los espacios vacíos en la pared: cuando los observa en relación al tamaño de los átomos, ¡el tamaño de los espacios es inmenso! Francamente, es como la distancia entre Marte y la Tierra, y…

—Por favor, vaya al punto, capitán Fairbanks —dijo Kane en una voz que denotaba esfuerzo, pero no dejaba de ser amable.

—¿Cuál es la prisa? —preguntó Fairbanks—. Carajo, los átomos no se irán a *ningún* lado.

—Sí.

—Coronel, los átomos pueden ser aplastados; ¡no pueden *volar*!

Kane reaccionó de nuevo como si sintiera dolor.

—¿Tiene que ir a hacer algo? —preguntó Fairbanks—. ¿Hacer del dos?

Kane sacudió la cabeza.

—Oiga, no hay nada de qué avergonzarse, todos somos humanos.

Kane retiró la mano del hombro del paciente.

—Es usted muy terco. Me gusta eso: terco pero justo. Ahora escuche: estos espacios que le decía, los mismos espacios vacíos e inmensos que existen entre los átomos de la pared, ¡también existen entre los átomos de su cuerpo! Así que para caminar *a través* de la pared, ¡lo único que hace falta es lograr que los espacios entre los átomos de su cuerpo se ajusten a los espacios entre los átomos de la pared! Esos malditos y necios...

Fairbanks terminó su argumento dándole otro martillazo a la pared. El yeso salió volando por todos lados; observó el agujero que acababa de hacer.

—Nada —dijo Fairbanks. Luego volteó a ver a Kane—. Sigo experimentando. Mire, lo que hago es tratar de concentrarme lo más que puedo. Trato de aplicar toda la fuerza de mi mente de modo que los átomos de mi cuerpo se mezclen y se reacomoden, para que se ajusten *exactamente* a los átomos de los espacios de la pared. Luego viene el método experimental. Trato de caminar a través de la pared. Como ahora, salí corriendo hacia ella, pero fallé… ¡*horriblemente*!

Volvió a darle un golpe a la pared y se abrió otro hoyo.

—Malditos átomos estirados —murmuró.

—¿Por qué hizo eso?

—¡Estoy castigando a los átomos! ¡Poniéndoles el ejemplo! ¡Enseñándoles una lección! ¡Una lección importante! Así cuando los otros vean, cuando se den cuenta de que no estoy bromeando, aprenderán a comportarse. ¡Y entonces me dejarán pasar! —Fairbanks acompañó este último argumento con otro golpazo—. ¡Malcriados independientes! —dijo mientras veía con furia la pared—. ¡O se alinean o se largan!

—¿Me permite? —dijo Kane tomando el martillo de manos del paciente.

—¡Claro! —dijo Fairbanks—. ¡Golpee! ¡Diviértase! ¡Tal vez le *hagan más caso* a un desconocido!

—Tengo otra cosa en mente.

El paciente se escandalizó y trató de recuperar el martillo. Primero trató de quitárselo de un jalón, luego intentó tirar con más fuerza, pero Kane no lo soltó. El paciente observó el martillo, luego volteó a ver a Kane con una mirada confundida.

—Es usted muy fuerte —dijo finalmente.

—Creo —respondió Kane— que su problema podría radicar en las propiedades del martillo: alguna especie de desequilibrio nuclear que actúa sobre los iones.

—Es una teoría interesante —dijo Fairbanks.

—¿Le importaría si me lo quedo para examinarlo?

De pronto Fairbanks empezó a gritar. Trató de

arrebatarle furiosamente el martillo a Kane. Krebs y Christian aparecieron y lo sujetaron. Estaba histérico.

—Esto requiere medicación —dijo Kane.

—Habrá que buscar al coronel Fell —dijo Krebs—. No lo he visto.

—¿Quién más tiene llave para el compartimento de medicamentos?

—Nadie —dijo Krebs. Fairbanks seguía gritando. Tenía los ojos salidos.

—¿Ni siquiera el asistente médico? —preguntó Kane.

—No, señor. No desde aquel robo.

—¿Del compartimento? ¿Qué se llevaron?

—Las barras de chocolate Cadbury con fruta y nueces que pertenecen al coronel. Ahí es donde las guarda —hizo una pausa y agregó—: Por la temperatura, señor.

Kane soltó el martillo y Fairbanks se calmó.

—Puede tener una recaída —dijo Kane con suavidad—. Será mejor que busquen a Fell.

—Sí, señor.

Fairbanks se veía confundido.

—¿De dónde diablos salió este martillo? —preguntó. Kane se lo quitó de las manos y Krebs y Christian se lo llevaron. Kane se quedó inmóvil observando el martillo que tenía en las manos y se llevó las manos a la cabeza.

Groper estaba observándolo desde el segundo piso, de pie junto a la balaustrada. Kane alzó la mirada como si supiera que lo observaban. Groper se dirigió de inmediato hacia su habitación.

De vuelta en su oficina, Kane volvió a sumergirse en sus pensamientos. Afuera estaba lloviendo y escuchó que en alguna parte un reloj marcaba las nueve. Volteó a ver la ventana. La lluvia golpeaba los vidrios con fuerza. De pronto, alguien entró en su oficina. Era Krebs.

—El capitán Fairbanks sigue estando bien, señor.

—Muy bien. ¿Dónde está el coronel Fell? ¿Lo encontró?

Krebs titubeó y dijo:

—No, señor. Pero no registró su salida así que debe seguir en los terrenos de la mansión.

Una mueca de tensión y dolor atravesó la cara de Kane por un momento, luego dijo:

—Cuando lo encuentre, dígale que venga de inmediato a mi oficina. Necesito verlo.

—Sí, señor —Krebs no se fue. Se quedó parado mirando a Kane.

—Eso es todo, Krebs. Gracias —dijo finalmente Kane.

—Hay algo sobre el coronel Fell, señor —dijo Krebs.

—¿Sí?

Krebs estaba indeciso.

—Creo que esconde lo que siente, señor.

—¿A qué se refiere?

—Creo que las cosas lo afectan mucho, señor. Ya sabe: gente enferma, pacientes que se le mueren. No quisiera que se quedase con una mala impresión de él, señor. Creo que lo que hace... es con la intención de quitarse esas cosas de la mente.

Kane se quedó viendo a Krebs por un momento. Luego se frotó la frente y dijo:

— Ya veo.

—¿Le duele la cabeza, señor? Puedo traerle una aspirina, si quiere.

—Es muy amable de su parte, Krebs, pero estoy bien. Buenas noches.

—Buenas noches, señor —dijo Krebs.

—Por favor cierre la puerta cuando salga.

—Sí, señor.

Kane siguió leyendo y haciendo anotaciones. Las horas pasaron y Fell seguía sin aparecer. La lluvia era torrencial, golpeaba las ventanas con fuerza. Kane entrecerró los ojos y parpadeó para ver lo que estaba leyendo, le costaba trabajo ver. Finalmente, no pudo mantener los ojos abiertos, cruzó los brazos sobre su escritorio, recostó la cabeza y se quedó dormido. Empezó a soñar.

Lluvia. Una selva. Lo estaban cazando. Había matado a alguien. ¿A quién? Estaba arrodillado junto al cuerpo. Trató de voltearlo, pero la cabeza se quedó boca abajo y empezaron a salir chorros de sangre del cuello decapitado. El hombre con una cicatriz en forma de «Z» empezó a decir:

—¡Por el amor de Dios, vámonos de aquí, coronel! —sacó de la nada un ratón blanco y este se convirtió en un lirio blanco manchado de sangre. De pronto Kane se encontraba en la superficie de la luna. Había una nave a la derecha y un astronauta, Cutshaw, moviéndose, flotando en la atmósfera, hasta que finalmente extendió sus brazos hacia un Cristo crucificado que se encontraba a su izquierda. La figura de Cristo tenía la cara de Kane. Luego el sueño se volvió más lúcido. Soñó que despertaba en su oficina y Billy Cutshaw estaba sentado en su escritorio, viéndolo fijamente mientras encendía un cigarro.

—¿Qué pasa? ¿Qué quiere? —dijo Kane.

—Se trata de mi hermano, el teniente Reno. Tienes que ayudarlo.

—¿Ayudarlo? ¿Cómo?

—Reno ha sido poseído por un demonio, Hud. Levita en las noches y habla con los perros, lo cual no es muy normal. Quiero que expulses a sus demonios. Eres un coronel y además católico y un sacerdote secularizado.

Ahora Reno estaba en la habitación, flotando a unos centímetros del suelo. Utilizaba un traje espacial.

Volteó a ver a Kane, abrió la boca y emitió el ladrido de un perro.

Kane se llevó las manos al cuello y sintió que traía puesto un cuello romano. De pronto sintió un arranque de euforia.

En ese momento el sueño cambió de nuevo, ya no se sentía como un sueño. Cutshaw estaba mirándolo fijamente, su cigarro brillaba en la oscuridad de la habitación.

—¿Estás despierto? —dijo la aparición.

Kane movió sus labios y trató de decir «Sí», pero no salía ningún sonido de su boca. Habló en su mente, pensando… o diciendo «Sí».

—¿Crees en la vida después de la muerte?

—Sí.

—¿*En verdad* crees?

—Sí, sí creo.

—¿Por qué?

—Simplemente lo sé.

—¿Fe ciega?

—No, no es eso, no exactamente.

—¿Cómo lo *sabes*? —insistió Cutshaw.

Kane hizo una pausa, tratando de encontrar argumentos. Finalmente dijo (pensó):

—Porque todo hombre que ha vivido ha tenido el deseo de encontrar la felicidad absoluta. Pero a menos que exista una vida después de la muerte, cumplir este deseo es imposible. La felicidad absoluta, para ser absoluta, debe conllevar la seguridad de que la felicidad no terminará, que no será arrebatada. Pero nadie ha tenido nunca esa seguridad; el simple hecho de la muerte sirve para contradecirla. ¿Entonces qué sentido tendría que la naturaleza implantara en nosotros un deseo que es inaccesible? Solo se me ocurren dos respuestas: o la naturaleza está loca y es muy perversa, o existe otra vida después de esta, una vida donde este deseo universal de encontrar la felicidad absoluta puede ser realizado. Pero la naturaleza no da muestras de tal perversidad en ningún otro aspecto de la creación; no tratándose de un instinto básico. Un ojo siempre es para ver y una oreja para escuchar. Y todo deseo universal, y me refiero a cualquier deseo, sin excepciones, debe poder realizarse. Como este no puede ser realizado *aquí*, pienso que debe realizarse en otra parte, en otro *momento*. ¿Tiene sentido? Es algo complicado. Creo que estoy soñando. ¿Estoy soñando?

El cigarro de Cutshaw brilló con mayor intensidad por un momento.

—Si sueñas, no manejes —dijo en tono áspero.

Y de pronto Kane se encontraba en la isla de Molokai, donde había ido a curar a los leprosos, pero de algún modo, el lugar también era un orfanato, en donde un monje franciscano estaba sermoneando a un niño en uniforme militar, sus rostros estaban deteriorados y carecían de expresión. De pronto el techo se desplomó sobre ellos. Había un bombardeo sobre Molokai.

—¡Salgan! ¡Aún hay tiempo! ¡Salgan! —gritó el monje.

—¡No, yo me quedo con usted! —gritó Kane en el sueño. La cabeza del monje franciscano se desprendió del cuerpo. Kane la levantó y la besó fervientemente. Luego la arrojó con asco. La cabeza decía: «Alimenta mis ovejas».

Kane se despertó con un grito ahogado. No estaba en su oficina. Estaba completamente vestido y sentado en el suelo, en una esquina de su habitación. No recordaba cómo había llegado ahí.

Capítulo cinco

Reno despertó al amanecer y volteó a ver el catre de Cutshaw. Estaba vacío. Se vistió y caminó por el pasillo, pasando junto a los catres y los baúles para zapatos. Salió del dormitorio. Los otros pacientes estaban dormidos.

Reno recorrió la mansión buscando a Cutshaw, luego salió y caminó entre la niebla. Se detuvo, observó alrededor del patio desolado y balbuceó vehementemente:

—¡Fardels!

Finalmente lo vio. El astronauta estaba trepado en las ramas más bajas de una pícea donde Groper solía pararse antes de una formación. Estaba mezclando un galón de pintura que tenía entre las rodillas. Reno corrió hacía el tronco del árbol y cortó una rama al trepar.

—¡Capitán Billy! —exclamó.

—¡Por el amor de Dios, baja la voz! —dijo Cutshaw cautelosamente—. ¿Qué diablos haces aquí?

—¡Se trata de Kane! —murmuró Reno entusiasmado. Sus ojos brillaban con locura. Estaba hiperventilando.

—¿Qué pasa con Kane? —respondió Cutshaw, mientras sacaba una aguja de pino de la pintura.

—Billy, nada sobre él es auténtico.

—¿Qué quieres decir?

—¡Kane es como Gregory Peck en la película *Recuerda*, Billy! ¡Viene a encargarse de un manicomio y resulta que el loco era él!

Cutshaw suspiró débilmente. Incluso entre los pacientes de la mansión se sabía que Reno tenía varias obsesiones aún más fantásticas que las de la mayoría. Una vez dijo que mientras paseaba alegremente por los terrenos de la mansión en una noche oscura, había escuchado «un siseo que provenía de arriba», y que cuando alzó la mirada, había visto al comandante Groper «encorvado sobre las hojas de una palmera» conversando entre murmullos con un búho gigante de color blanco y negro. Estaba absolutamente convencido de su historia. Cuando Cutshaw le había recordado que en el estado no había absolutamente ninguna variedad de palmera, Reno lo había mirado con lástima y le había refutado suavemente:

—Cualquier persona que tenga dinero puede trasladar un árbol. Y hay ciertos partidos políticos que podrían llenar el hoyo sin problema.

Desde aquel día, todos ignoraban a Reno. La única forma de librarse de él era alejarse.

Cutshaw miró hacia abajo. Era una caída de seis metros.

—Kane es como Gregory Peck —insistió Reno—. Anoche me desperté porque sentía algo entre mis dientes, galletas, pasas o alguna mierda así, entonces me levanté y fui a la clínica por un poco de hilo dental, ¿y a quién crees que vi sentado ahí como si estuviera en alguna especie de trance? —Reno empezó a imitar la escena, moviendo las manos aturdida pero decididamente: levantando algo y tirándolo; levantándolo y tirándolo; levantándolo...

Cutshaw interrumpió la actuación de Reno. Apuntó hacia el suelo.

—¡Abajo! ¡Bájate! ¡Quiero que te caigas como un mango maduro!

—Existe otra posibilidad, Billy. El compartimento de medicinas estaba abierto. Tal vez estaba drogado.

—¡Lárgate!

—Muchos doctores se vuelven adictos a las drogas —argumentó Reno—. Muchos psiquiatras están profundamente trastornados, tú lo sabes. Su profesión tiene la tasa de suicidios más alta, es un hecho, puedes verificarlo, Billy.

Cutshaw le prestó más atención, levantó una ceja sospechosamente.

—¿Cuándo ocurrió esto? —preguntó.

—Como a las tres de la mañana, lo juro. Escucha, esta es la prueba irrefutable, ¡esto es lo que hace! Exactamente igual que Gregory Peck en la película *Recuerda*, Billy. ¡Igual que la película! Voy y traigo un tenedor. ¿Entiendes? ¡Traigo un tenedor y un mantel del desorden! Pongo el mantel enfrente de él y con el tenedor hago rastros de esquí, ¡y él se *desmaya*! ¡Igual que *Gregory Peck* en la *película*!

Cutshaw apuntó hacia el suelo de nuevo, apretando los dientes.

—¡Bájate! ¿Escuchaste? Vete de... —Cutshaw se detuvo de momento, puso el dedo índice sobre sus labios en señal de silencio y le tapó la boca a Reno. Luego volteó hacia abajo y volteó la lata de pintura de manera que su contenido se derramara completamente.

Desde abajo, se escuchó la voz de Groper gritando:

—¡Maldito hijo de perra!

—¿Ya puedo hablar? —preguntó Reno.

—Sí, adelante —dijo Cutshaw, satisfecho.

—Olvidé mencionar algo: Kane tenía un gato de tres cabezas sobre su regazo. Creo que lo estaba acariciando.

—¡Bájate!

—Tienes razón, estaba sobre su cabeza.

—¡*Bájate*!

Reno volteó a ver a Groper

—Creo que mejor subiré.

Fell apareció para el desayuno, en el comedor que estaba asignado al personal: una habitación junto a la cocina, con una chimenea. Se sentó frente a Kane. Nadie más había llegado aún.

Fell estaba alegre y revitalizado. Le acercó su taza de café a Kane, que tenía la cafetera en las manos.

—Escuché que me estaba buscando —dijo Fell.

—Así es. ¿Dónde estaba?

—Salí a caminar.

—¿En la lluvia?

—¿Estaba lloviendo?

—El capitán Fairbanks tuvo una crisis anoche y requería ser sedado. Por favor haga un duplicado de la llave del compartimento de medicinas. Tuve que abrirlo a la fuerza.

Capítulo seis

23 de marzo. Kane estaba sentado en su escritorio cuando, de pronto, Groper entró a su oficina con una carta en la mano.

—Mire esto, señor —Groper le entregó a Kane la carta, quedándose con el sobre—. Léalo, coronel. ¿Podría leerlo?

Kane volteó a ver la carta escrita a máquina y leyó:

Para mi adorada, mi corazón, mi ardiente amor secreto:

Cómo he ansiado el momento en el que pueda desenmascararme y quitarle esta pesada carga a mi adolorido y sangrante corazón. Mi amor, solo te vi por un instante, menos que eso; sin embargo, desde ese momento supe que era tu esclavo. ¡Te adoro, oh, maravillosa criatura! ¡Eres como sándalo de Nínive, como trufas de la Luna! En mis sueños, ¡me vuelvo un loco! ¡Sí! Te arranco el vestido, el brasier, te quito los lentes y...

Kane alzó la mirada.

—¿Cuál es el punto de esto, comandante Groper?

—Mire la firma, señor —dijo Groper, reprimiendo la ansiedad que le provocaba la presencia de Kane.

La firma decía «comandante Marvin Groper». Después de la firma venía una posdata que decía: «Ya sabes dónde encontrarme, cariño», seguida del número de teléfono del centro.

—Señor, esta mañana recibí una llamada tras otra de chicas que recibieron cartas como esta —despotricó Groper.

—¿De dónde la sacó? —dijo Kane, mostrándole la carta.

—Pues, algunas de ellas...

—¿Algunas de ellas? ¿Quiénes?

—Pues, las mujeres, señor.

—¿Cuáles mujeres?

—Pues, casualmente algunas vinieron aquí hoy...

—¿Casualmente?

—Bueno, no casualmente, señor; yo les pedí a algunas... las que tenían bonita voz...

—¿Groper?

—¡Son *feas*, señor! ¡*Espantosas* como el mismísimo

diablo! —dijo Groper en un súbito arranque de frustración e ira—. ¡Y creo que el bastardo que escribió todas esas cartas merece alguna clase de castigo y reprimenda!

—¿Quién las escribió?

—Mire el sobre, coronel —Groper lo dejó sobre el escritorio—. ¡Solo hay una persona con una mente capaz de idear algo así!

La dirección en el sobre se veía manchada y borrosa, daba la impresión de ser envío de correo masivo. El destinatario simplemente decía: «Ocupante».

—¡Señor, *tiene* que hablar con él! —Groper estaba extremadamente disgustado.

—Está bien, hablaré con él. Dígale que venga a verme —respondió Kane.

En ambos lados del dormitorio de los pacientes había tinajas, catres y baúles perfectamente alineados. Cutshaw recorría nerviosamente el pasillo que se formaba en medio de la habitación mientras algunos de los pacientes escribían más cartas. Fairbanks se le acercó con una carta en la mano.

—Esta es un clásico —dijo Fairbanks—. ¿La mejor carta ganará un premio?

—Leslie, el *cielo* los recompensará —dijo Cutshaw de mala gana.

—Creo que deberíamos tener algún incentivo.

—Acabo de darte uno, Leslie Morris.

—Tu incentivo apesta a socialismo. Insidioso y maldito socialismo —Fairbanks se llevó la mano a la espada.

—¿Te atreverías a desenvainar tu espada frente al capitán Billy?

—Solo estaba sosteniendo la empuñadura.

En ese momento Reno entró corriendo al dormitorio, casi sin aliento, y se interpuso entre ellos.

—¡Capitán Billy, lo vi otra vez!

—¿Qué viste?

—Al búho que habla con Groper. Trae un gorrito de fiesta. Es imposible no verlo.

—*Tito Andrónico* —gruñó Groper—. Puedes protagonizarla. O puedes hornearte a ti mismo en un pastel.

—¡Eso es una blasfemia!

Reno vio a Groper acercarse detrás de Cutshaw y, apuntando el dedo hacia él le exigió a Groper:

—¡Guardia! ¡Deténgalo!

—*El hombre de la máscara de hierro* —dijo Cutshaw. Cuando se dio la vuelta y vio a Groper, le sonrió con satisfacción—. Bueno, ya era hora —dijo.

Groper llevó a Cutshaw a la oficina y Kane lo confrontó con la carta que iba destinada a «Ocupante».

—¿Usted la escribió? —preguntó.

—¿Me vas a hacer una escenita, Hud? —Cutshaw extendió ambos brazos imitando las alas de un águila, como si se preparara para ser ofrecido en sacrificio. Su antebrazo golpeó a Groper en la cara—. ¡Sí! ¡*Yo* escribí la carta! ¡Ahora dispárame por querer darle esperanza al solterón! ¡Amor a los desamorados! ¡Depravación a los desfavorecidos! ¡Olvídate de la carrera espacial, Hud! ¡Úsame como alimento para las hormigas gigantes! ¡Adelante! ¡Deja viudas a todas mis amigas por correspondencia!

—Sería todo un placer —murmuró Groper.

Cutshaw se aceró a Kane y le susurró:

—Señor, he notado que hay un olor muy extraño aquí, y como usted es un coronel, señor, tiene que provenir del comandante…

Groper se acercó a Cutshaw de manera amenazante, pero Cutshaw saltó detrás de Kane, gritando:

—¡No dejes que me pegue! ¡Estoy loco!

—¡Claro que estás loco! —dijo Groper tratando de alcanzarlo.

—¡Groper! —dijo Kane con firmeza.

Groper se detuvo.

—¡Sí, señor!

Cutshaw se encorvó como si estuviera jorobado y dijo con un acento eslavo y una voz vulgar:

—¡Ah! ¡Tratan de matar a Igor! ¡Pero Igor sobrevive y ellos mueren! —el astronauta se balanceó un poco.

Groper se le acercó de nuevo.

—*¡Comandante Groper!*

—Sí, señor —Groper se detuvo. Estaba temblando. Sus ojos eran dos manchas color escarlata.

—¿Ha estado bebiendo? —preguntó Kane en voz baja.

—¡*Sí*! —gritó Groper. Estaba histérico.

—Trate de controlarse, comandante.

—¡Es que debió haber visto a esas chicas! ¡Por Dios! ¡Horribles! ¡Verdaderamente *horribles*!

Kane se levantó.

—Comandante Groper…

De pronto la habitación se sacudió por el golpe de un martillo y Groper se puso pálido.

—¿De dónde lo sacó? —gritó. Volteó a ver a Cutshaw con furia—. ¡Tú! ¡Tú se lo diste! —Groper vio los ojos de Kane, la fuerza que había en su mirada. Tembló de impotencia y frustración, a punto de llorar.

—¡Que se lo quede! —dijo con voz temblorosa, caminando hacia la puerta—. ¿Me escuchaste? ¡Que se quede con el pinche martillo! ¡Me da igual! —Groper salió de la oficina.

Cutshaw se quedó viendo a Groper con el ceño fruncido.

—Bueno, que me parta un maldito rayo —dijo en voz baja. Volteó cuando escuchó que Kane estaba hablando por teléfono con Fell.

—Haga lo que pueda con él —decía Kane. Estaba sentado—. Un sedante, tal vez. Pero vigílelo —hizo una pausa, luego dijo—: No, no, una bolsa de hielo no —colgó el teléfono.

Cutshaw se acercó al escritorio.

—¿Eres Gregory Peck? ¿Cuál es tu historia?

Kane no contestó.

Cutshaw entrecerró los ojos.

—Buey orgulloso, te mostraremos el error del falso orgullo —sacó un documento de su bolsillo y lo colocó sobre el escritorio, frente a Kane—. ¡Firma esta confesión, Hud! ¡O Greg! ¡O Tab! ¡O como sea que te llames! —exigió Cutshaw.

Kane observó el documento y comentó:

—Está en blanco.

—Claro que está en blanco —dijo Cutshaw—. Sigo sin estar seguro de quién eres. Escucha, esto lo hago por Reno —explicó—. Solo fírmalo y lo llenamos luego. Anda, fírmalo —le aconsejó—. Pide clemencia al tribunal. Los canguros pueden ser bondadosos. No todos los canguros son malos. Solo fírmalo para que podamos mostrárselo a Reno y tal vez nos deje en paz.

—Si lo firmo, ¿usted también hará una confesión?

—Te escucho.

—¿Por qué no quiere ir a ...?

Antes de terminar la pregunta, Cutshaw vociferó:

—¡Silencio cuando te dirijas a mí! —dio un paso hacia atrás y adoptó un aire portentoso—. Yo sé quién eres —le advirtió.

—¿Quién soy?

—Eres un sacerdote secularizado.

Cutshaw se tiró de espaldas sobre el sofá.

—Quiero que escuche mi confesión, Padre Sin-cara —dijo.

—No soy un sacerdote —dijo Kane con suavidad.

—¿Entonces quién diablos eres?

Por un momento, Kane se le quedó viendo, como alguien que de pronto recuerda algo inesperado. Se llevó la mano al cuello de la camisa.

—Soy el coronel Kane.

—¡Eres Gregory Peck, imbécil! ¡No dejes que nadie te convenza de lo contrario! Verás, si te capturan tratarán de hacerte esa mierda en la cual le lavan el cerebro a la gente y te harán pensar que eres Adolphe Menjou o tal vez Warren Beatty. Ahora, por mi parte, ¡me *encantaría* ser Warren Beatty!

—No veo por qué —dijo Kane.

—¡Claro que no ves por qué! ¡Porque eres Gregory Peck!

—Ya veo.

—Claro que lo ves, bastardo condescendiente —Cutshaw volvió a sentarse en el sofá de manera abrupta—. En realidad no eres Gregory Peck, para nada. Eres un sacerdote secularizado —lo acusó con repulsión—. A propósito, padrecito, tengo algunas noticias inquietantes para ti: puedo probar que Pie existe… ¿Te gustaría que lo haga ahora o prefieres que le mande un telegrama al Papa antes de hablar con la prensa? Porque te lo advierto, Hud, cuando eso pase ya no habrá sotanas disponibles. Será mejor que te pongas la tuya ahora para que crean que eres sincero.

—Me gustaría escuchar sus pruebas.

—Ponte la sotana, Hud. No quiero verte lastimado.

—Hábleme de sus pruebas.

—Eres un loco y un necio, Hud. No vengas lloriqueando conmigo luego cuando no puedas conseguir trabajo ni limpiando altares —Cutshaw se levantó y empezó a hacer como si practicara tenis—. ¿Has escuchado de la «entropía»? Si me dices que es el nombre de un caballo de carreras te mutilaré.

—Es algo relacionado —dijo Kane— con una de las leyes de la termodinámica.

—Muy hábil, Hud. Tal vez seas demasiado hábil para tu propio bien. A ver, ¿a dónde quiero llegar con esto? —preguntó Cutshaw.

—Usted dígame.

—Al mismo lugar a donde se dirige el *universo*. Al final, a la muerte final por calentamiento. ¿Sabes lo que es eso? Bueno, Hud, te lo diré. Soy Morris el Profesor. Es una ley básica de la física, una ley básica e *irreversible*, que uno de estos días, cada vez más cercano, terminará con toda la maldita fiesta. En aproximadamente tres mil millones de años todas las partículas del universo estarán totalmente desordenadas. Será aleatorio, completamente aleatorio. Y una vez que el universo sea aleatorio habrá cierta temperatura, una temperatura *constante*, que nunca, nunca cambiará. Y como la temperatura será constante, las partículas de materia en el universo no podrán reorganizarse. El universo no podrá reconstruirse. Aleatorio, será aleatorio para siempre. Por siempre y para siempre. ¿Eso no hace que te orines del miedo, Hud? ¿Hud, dónde está tu sotana? ¿Tienes una de repuesto? Préstamela. No debería hablar así enfrente de mí. Te juro que me da horror. —Cutshaw dejó de fingir que practicaba tenis y se acostó en el sofá, donde se acurrucó en posición fetal.

—Continúe, por favor —lo incitó Kane.

—¿Aceptas mis leyes de la física?

—Sí, las acepto.

Cutshaw frunció el ceño y volteó a ver a Kane.

—No digas «las», ¿sí? Di «leyes». Di «Acepto las leyes básicas».

—Acepto las leyes básicas —dijo Kane.

—Bien, ahora sigamos —el discurso de Cutshaw se volvió más lento y mesurado—. Es cuestión de tiempo antes de que suceda, antes de que lleguemos a la muerte final por calentamiento. Y cuando esto suceda, la vida no podrá reaparecer nunca. Si todo está claro, Hud, patea el suelo dos veces.

—Está claro.

—De acuerdo, ahora pensemos en una simple disyuntiva. Ya sea que la materia, o la energía, es eterna y siempre ha existido, o *no* siempre ha existido y tuvo un tiempo de inicio determinado. Así que eliminemos una de las dos posibilidades. Digamos que la materia siempre ha existido. Ten en mente que la muerte por calentamiento que se aproxima es solo cuestión de tiempo, Hud. ¿Dije tres mil millones de años? Digamos *mil* millones de años. No importa el tiempo que tome, Hud. En fin, el caso es que es limitada. Pero si la materia siempre ha existido, tú y yo no estamos aquí, ¿lo ves? Simplemente no *existimos*. ¡La muerte por calentamiento ya vino y se fue!

—No entiendo.

—Claro, preferirías confesar. Dame la sotana y te dejaré confesar. Nadie escribirá «Obstinado» en mi lápida. Soy flexible, Hud. Confiesa.

—Capitán...

—Warren, llámame Warren.

—Me falta una conexión en su argumento —dijo Kane.

—Mi siguiente imitación: una mosca humana —Cutshaw saltó del sofá hacia la pared e hizo varios intentos de escalarla. Después de su quinto intento fallido, se puso de pie y se quedó viendo la pared con una mirada fulminante—. Fairbanks tiene razón —murmuró enojado—. Hay algún problema con estas pinches paredes —luego volteó a ver a Kane con enojo—. Te han faltado conexiones toda la vida. ¡Pie! Eres más tonto que el Delfín. Mira: si la materia siempre ha existido y la muerte por calentamiento es solo cuestión de tiempo, digamos mil millones de años, entonces, Hud, ¡ya tuvo que haber *pasado*! ¡Mil millones de años han pasado billones de veces, un número *infinito* de veces! Frente a nosotros y detrás de nosotros existe un número infinito de años, en caso de que la materia siempre haya existido. ¡Así que la muerte por calentamiento ya pasó! Y una vez que venga, ¡ya no podrá haber vida! ¡Nunca! ¡Por toda la eternidad! ¿Entonces cómo es que estamos hablando? ¿Eh? ¿Cómo? Claro que yo estoy hablando *sensatamente* mientras que tú solo estás ahí sentado *babeando*. Sin embargo, aquí estamos. ¿Por qué?

El interés despertó en los ojos de Kane.

—O la materia no es eterna, diría yo, o la teoría de la entropía está equivocada.

—¿Qué? ¿Rechazas mis leyes básicas?

—No, no las rechazo.

—Entonces solo puede haber una alternativa, Greg: la materia no siempre ha existido. Lo que significa que en algún momento del tiempo, o antes de que existiera el tiempo, no había nada, absolutamente *nada* en existencia. ¿Así que cómo es posible que *aho-*

ra sí lo haya? La respuesta es obvia incluso para la más limitada y más retorcida inteligencia, por supuesto me refiero a ti. La respuesta es que algo *distinto* a la materia tuvo que haberla creado. Algo a lo que yo llamo Pie. ¿Qué te parece?

—Muy convincente.

—Solo existe un problema —dijo Cutshaw—. No me la creo para nada. ¿Quién crees que soy? ¿Un lunático? —el astronauta se acercó al escritorio—. Eres tan tonto que resulta adorable —dijo—. Copié esa prueba de una pared secreta en una Misión Maryknoll de Beverly Hills.

—¿No le convence?

—Intelectualmente, sí; pero emocionalmente, no. Y *ese* —concluyó— es el problema.

Se dirigió a la puerta y volteó.

—Por cierto —preguntó—, ¿qué estabas haciendo en la clínica a mitad de la noche? —se quedó parado esperando alguna reacción, pero no hubo ninguna, ningún cambio en la expresión de Kane.

—¿Qué está buscando, Cutshaw? —preguntó Kane.

—A Joe DiMaggio —dijo Cutshaw, y se alejó lentamente.

Kane se quedó en la oficina por varias horas y dejó la puerta abierta deliberadamente. Muchos de los pacientes entraron, cada uno con algún pretexto ridículo. Kane los observaba, los escuchaba y los tranquilizaba.

Fell asomó la cabeza una vez, pero cuando vio que Reno estaba ahí, lo saludó desde lejos y se fue. Reno le estaba pidiendo su opinión a Kane, sobre si dos perros pequineses «se verían ridículos» en los papeles de Rosencrantz y Guildenstern.

Después de la cena, Kane deambuló por el salón principal de la mansión por un rato, supuestamente alentando a los pacientes a que se le acercaran. Vio algunas de las pinturas nuevas que había en los caballetes. Esperó. Pero Cutshaw no apareció. A las diez, Kane subió a su habitación y comenzó a prepararse para dormir. Pero había visitas constantes llegando a su puerta, pacientes con problemas y quejas. El último de ellos fue Fromme, acompañado de un paciente llamado Price.

—¿Puedo hablarle un momento? —preguntó Fromme parado en la puerta.

—Claro que sí.

—Quiero tener estudios, señor. ¿Puedo tenerlos? Quiero cumplir el sueño de mi vida. Claro, en cuanto salga de aquí. Pero simplemente no puedo vivir sin mi sueño. Señor, lo he deseado desde que era niño. Ya tengo treinta y cinco años, pero no es muy tarde si asisto a la escuela. ¿Podría ir de inmediato? ¿Digamos, «Operación manos a la obra», coronel?

Kane le preguntó cuál era su nivel de estudios y si los créditos que había obtenido serían suficientes para que pudiera entrar a la escuela de medicina.

—¿Escuela de medicina? —Fromme parpadeó—. No, yo quiero tocar el violín. Quiero tocar como John Garfield en esa película *De amor también se muere*. Quiero tocar como él en esa escena. Quiero que la gente piense que solo soy un chico de los barrios pobres, y, de pronto, ¡sorpresa! Saco mi violín e impresiono a Joan Crawford y a sus alzados amigos ricos. Quiero interpretar esa escena todo el tiempo.

Kane fue amable.

Price fue más difícil. Un hombre de cabello rubio como de alambre, con los ojos hundidos que observaban como si fueran un rayo mortal instalado en una cara demacrada y cadavérica. Entró de golpe a la habitación.

—Quiero mi cinturón volador —exigió.

—¿Disculpe?

Price desvió la mirada con desagrado.

—Sí, sí, la misma actuación, la misma rutina de siempre. ¡Por Dios! —volteó a ver a Kane y empezó a hablar lleno de frustración y una ira terrible, su voz se volvía más fuerte y agresiva con cada palabra que decía—. Sí, quiero mi cinturón volador, ¿de acuerdo? Sí, ya sé, seguro nunca ha escuchado hablar de él. ¿Verdad? ¡Putas mentiras! ¡Ahora tenga la gentileza de admitir que puede leer mis pensamientos! ¡Que mi nave especial se ha estrellado en el planeta Venus! ¡Que estamos en Venus y que usted es un venusiano y que ha invadido mi mente de manera ilegal para hacerme creer que sigo en la Tierra! ¡No estoy en la Tierra y usted no es un terrícola! Estoy parado aquí cubierto hasta el culo de moho —Price gritó— ¡y usted es un *cerebro* gigante! —abruptamente, asumió en tono de voz conciliatorio—. Vamos, deme mi cinturón volador; prometo no usarlo para escapar ¡Lo juro!

Kane le preguntó para qué quería el cinturón y Price le contestó con tono hostil.

—Quiero interpretar a una Campanita travesti en una producción mohosa de *Peter Pan*. ¿Está bien? ¿Ya está contento? Ahora dígame, ¿dónde diablos está?

—Ya viene en camino —dijo Kane con suavidad.

—¿Pero por qué se lo llevaron? —preguntó Price. Luego inclinó la cabeza con complicidad, susurrando—. ¡Escuche! El cerebro llamado Cutshaw dice que usted no es un cerebro. Dice que su nombre es Sibylline Books. ¿Es cierto?

—No.

—Demonios, ¿a quién le creo? —chilló Price. Bajó aún más la voz—. Escuche, me ofreció un trato. Me dijo que si le doy el mapa con las coordenadas de la fábrica de mi planeta que manufactura los radios de banda ciudadana, me devolverá mi cinturón. Quiere poner una bomba en la maldita fábrica. Pero yo fui leal. ¿Entiende? Le dije que no, que usted se sentiría herido. ¡Ahora sea recíproco, bastardo! —Price volvió a alzar la voz—. ¡Ayúdeme o tal vez encuentre alguna forma de *matarlo*! ¡Con una migraña súper potente! ¡Dónde está el *cinturón*!

—Lo tendremos pronto.

—Carajo, ¿cree que soy estúpido? ¿Por qué diablos cree que mi gobierno me eligió a mí? ¿Porque veo muy bien en el espacio? ¡Ya estoy harto de estos trucos de mierda! ¡O me entrega el cinturón en veinticuatro horas o estará en serios problemas! ¡Ahora vaya a envolverse en hojas de helecho o lo que sea que hace cuando tiene que dormir! ¡Voy a acordonar mi mente!

Después de que Price se fue, Kane quedó exhausto. Se acostó sobre la cama y se cubrió los ojos con sus brazos. De pronto estaba profundamente dormido y soñando: Lluvia. La selva. El hombre con la cicatriz en forma de «z» en la frente. De nuevo, Kane estaba arrodillado junto a un cuerpo, el de un franciscano. Y alguien lo estaba cazando, cada segundo se acercaba más y más. El hombre con la cicatriz lo estaba viendo. Volteó a ver sus manos y vio que sostenían la punta de un alambre manchado de sangre.

—Coronel, vámonos de aquí, vámonos de aquí, vámonos de…

El sueño fue interrumpido abruptamente por gritos de agonía. Kane se despertó de golpe. Se sentía confundido. Alguien lo necesitaba. De pronto se dio cuenta de que estaba amaneciendo. Volvió a cerrar los ojos. Alguien golpeaba ligeramente a su puerta. Se levantó sin energía y fue a abrir, esperando encontrar a algún paciente. Era Fell.

—Pase —dijo Kane.

Fell entró.

—¿Cuál es el problema?

—¿Problema?

—Sí, ¿qué pasa? ¿Puedo ayudar en algo?

Fell lo escudriñó atentamente, luego sacudió la cabeza y se sentó en un sillón mullido que estaba junto a la cama.

—No, no hay ningún problema. Solo se me ocurrió venir a ver cómo estaba, qué estaba haciendo.

Kane se sentó en la orilla de la cama cerca de Fell. Fell usaba una camisa y pantalones color caqui. Encendió un cigarro. Apagó el cerillo y miró detenidamente a Kane.

—Por Dios, se ve agotado. ¿No durmió?

—Hasta muy tarde. Vinieron muchos pacientes a verme con algún problema.

—Entonces cierre la puerta con llave —dijo Fell.

—No —respondió Kane, vehementemente—. Deben poder verme siempre que lo necesiten.

—Mire, ¿puedo decirle algo? —dijo Fell—. Tengo la sospecha de que todos vienen tocando a su puerta como parte de un plan para convencerlo de que están enfermos y que no están fingiendo. Y déjeme decirle algo: ellos hicieron lo mismo conmigo el primer día que llegué; y luego las visitas fueron disminuyendo, hasta que llegó usted. Desde que usted llegó empezaron de nuevo con todo esto.

—Ya veo su punto —murmuró Kane—. Sí, ya veo.

—Cutshaw es el líder, la maldita mente maestra, es decir: una patada en los huevos. En fin, eso es lo que yo pienso, usted saque sus propias conclusiones. ¿Quiere desayunar?

—¿Qué? —Kane se veía aturdido.

—¿Quiere desayunar algo?

Kane estaba distante, mirando por la ventana. Llovía fuertemente otra vez. El cielo estaba oscuro y a la distancia se escuchaban truenos retumbar y estallar. Cerró los ojos y agachó la cabeza, presionando las comisuras de sus ojos con el pulgar y un dedo.

—¿Le pasa algo? —preguntó Fell.

Kane sacudió la cabeza.

—¿Algo bueno o algo malo?

—Ese sueño —murmuró Kane.

—¿Cómo dijo?

—Tuve un destello de un sueño que he estado teniendo. Una pesadilla.

Fell alzó los pies y los apoyó en un taburete.

—Como Calpurnia le dijo a Sigmund Freud, usted cuénteme su sueño y yo le cuento el mío.

—No es mi sueño —dijo Kane.

—¿Disculpe?

—Dije que no es mi sueño —Kane habló con suavidad—. Hay un paciente mío, un expaciente: un coronel que acababa de regresar de Vietnam. Solía tener una pesadilla grotesca y recurrente sobre algo que le sucedió en combate, o al menos la idea central de la pesadilla era esta. Y desde que me la contó... —Kane hizo una pausa y volteó a ver a Fell con una mirada atormentada—. Desde que me la dijo —repitió— sigo soñando lo mismo.

—Por Dios —exhaló Fell.

—Sí, exacto —Kane desvió la mirada—. Es muy extraño.

—«Extraño» no es la palabra que usaría. Digo, ese tipo de transferencia o conexión con sus pacientes... ¿no es un poco exagerada?

Kane lo observó por un momento antes de responder.

—Supongo que está bien que se lo diga ahora —Kane volteó a ver el tapete que había en el suelo—. Sí, a estas alturas, ¿por qué no? Era mi hermano.

—¿El paciente?

—Sí.

—Ajá. ¿Hermano *gemelo*?

—No.

—Bueno, eso lo habría explicado bastante —dijo Fell—. Los gemelos están físicamente conectados. Si son hermanos, seguro que son muy cercanos.

—No, no lo somos.

—Deben serlo.

—Fell, ¿ha escuchado hablar de «Killer» Kane? —Kane miraba a Fell directo a los ojos.

—¿El de las películas de Buck Rogers? —gruñó Fell.

—No, no ese «Killer» Kane. Me refiero a «Killer» Kane, el marine.

—Ah, claro. ¿Quién no ha escuchado hablar de él? El que participó en todas esas guerrillas. Mató a cuarenta o cincuenta hombres. ¿O fueron ochenta? ¡Espere! ¿Está diciendo que…?

—Él es mi hermano —dijo Kane.

—¡Está bromeando!

Kane sacudió la cabeza.

—¡*Está bromeando*! —Fell estaba sentado al borde del sillón, su expresión era tanto de sorpresa, como de satisfacción.

Kane desvió la mirada.

—Ojalá estuviera bromeando.

—Ah, por el tono de su voz, ¿debo asumir que no se llevan bien?

—Así es.

—Cuando eran niños, el ponía ranas en su cama. ¿Es eso? Mire, recuéstese y cuénteme, como si estuviera en terapia —dijo Fell irónicamente—. Hábleme de su hermano.

—Es un asesino —dijo Kane.

—Es un marine, lo ponen detrás de las líneas enemigas y cumple con su deber. Dios, en verdad es un tema muy delicado para usted —Fell frunció el ceño—. Vamos, es un héroe. ¡Ah! ¡Ya sé! —dijo de pronto— ¡Rivalidad entre hermanos!

—Olvidémoslo —dijo Kane.

—¿Seguro que sabe en lo que se mete? Estos sargentos de la oficina de reclutamiento pueden ser muy engañosos.

Kane cerró los ojos y alzó su mano frente a Fell, con la palma hacia afuera, pidiéndole que desistiera.

—¿Es amigo de Jane Fonda? —dijo Fell.

—Somos cercanos.

—Está bromeando.

—Estoy bromeando.

Fell asintió y se levantó.

—Quiero un café. ¿Viene?

Kane se quedó sentado.

—Iré en unos minutos, necesito cambiarme.

—Sí, claro. ¿Por cierto, cómo está su hermano? Sabe, yo lo conocí cuando estuve en Corea. Ya tiene tiempo, pero lo recuerdo. Un gran tipo. Nos entendíamos, me caía bien. Me caía muy bien, de hecho.

—Está muerto —dijo Kane.

—Oh, cuánto lo siento. En verdad, lo siento mucho.

—Está bien. Por eso decidí contarle lo del sueño.

Fell se veía abatido.

—Oiga y… ¿cómo fue que… ? —Se detuvo—. Olvídelo.

Abrió la puerta y apuntando al primer piso dijo:

—Lo veo abajo.

Kane asintió.

Fell cerró la puerta mientras buscaba un cigarro, sus dedos estaban temblorosos y escurrían lágrimas por su cara.

Capítulo siete

Sin camisa, Kane estaba sentado en la orilla de la mesa de examinación de la clínica. Fell proseguía con el chequeo médico al cual Kane había accedido someterse debido a su molesta insistencia.

—¿Sufre de visión borrosa? ¿Ha sufrido alguna especie de molestia o alteración?

—No.

Fell gruñó y apuntó una pequeña linterna a los ojos de Kane. Luego la apagó y la guardó en el bolsillo de su bata. Doblando los brazos, se apoyó sobre una pared y se quedó observando a Kane.

—Si no empieza a cerrar su puerta por las noches y a programar horarios regulares para las consultas de los pacientes, voy a prescribirle descanso y a sugerir que lo reasignen, doctor. Y créame, el proceso no tomará mucho, tengo influencia con personas importantes.

Durante los últimos días, los pacientes, en especial Cutshaw, habían sometido a Kane a toda clase de problemas día y noche.

—Hablo en serio —dijo Fell—. Sinceramente, se está exigiendo demasiado. Y puedo hacerlo. ¿Eso quiere? ¿Que lo reasignen?

Kane frunció el ceño.

—¿Qué me pasa?

—Fatiga crónica, para empezar. Pulso acelerado. Su presión arterial está bien... si fuera a pelear con un rinoceronte. ¿Qué diablos trata de probar?

Kane agachó la cabeza y se quedó callado. Luego murmuró:

—Tal vez.

—¿Tal vez qué?

—Tal vez podamos instaurar algunas restricciones. Solo algunas. Lo pensaré.

—¡Hurra! Al fin piensa con algo de sentido común.

Ninguno de los dos se dio cuenta de que Cutshaw estaba escuchando en el pasillo, parado junto a la puerta abierta de la clínica. Al escuchar pasos que venían de las escaleras, Cutshaw salió corriendo, con el semblante pálido y un aire afligido.

—¿Ha descubierto algo? —preguntó Fell—. ¿Alguna respuesta?

Kane tomó su camisa de un gancho que estaba en el perchero.

—Tal vez Cutshaw —dijo, con expresión pensativa.

—¿Qué pasa con Cutshaw?

—Se la pasa hablándome de Dios, haciéndome preguntas metafísicas —se puso la camisa y la abotonó—. Algunos de nosotros creemos que la raíz de todas las neurosis yace en el fracaso que siente un individuo al no poder encontrarle significado a su vida, o al universo. Una experiencia religiosa es la respuesta en esos casos.

—¿Eso es lo que quiere Cutshaw? ¿Religión?

—Quiere que su padre sea Albert Einstein, y que Albert Einstein crea en Dios.

—Entonces, ¿los hombres no están fingiendo? ¿Eso cree? ¿Eso le dice su intuición?

—No lo sé —respondió Kane con sencillez.

Dieron por terminada la discusión.

Al día siguiente, Kane estaba solo, parado en el salón, examinando una de las pinturas de los pacientes, cuando de pronto Fell llegó y se paró a su lado.

—¿Cómo vamos?

—Estoy bien —respondió Kane, con los ojos fijos en la pintura. Era aquella que tenía el dedo con una aguja atravesada.

Fell señaló la pintura con la cabeza.

—¿Eso significa algo?

—Todas significan algo. Son pistas del subconsciente de una persona. Como los sueños.

Fell encendió un cigarro.

—¿Y qué me dice de *su* sueño? ¿Sigue teniéndolo?

Kane no respondió, prefirió cambiar de tema.

—Cutshaw no pinta. Qué lástima —Kane observó cuidadosamente a Fell. Lo estudiaba con atención. Una mirada de preocupación había hecho surcos alrededor de sus ojos.

—Soñé con *usted* anoche —le dijo.

—¿En serio? ¿Qué soñó?

—No recuerdo —dijo Kane, aún preocupado—. Era algo extraño.

Ambos hombres miraron hacia arriba cuando escucharon un ladrido.

—¡Coronel!

Reno y su perro llegaron corriendo hacia ellos. Casi sin aliento, Reno dijo:

—Coronel, tengo problemas. Tiene que ayudarme.

—Hazte un enema y llámame mañana temprano —respondió Fell.

Reno puso sus manos alrededor de la boca para que su voz sonara más fuerte, como si trajera un megáfono.

—Dr. Fell, lo necesitan en cirugía. Póngase unas agujas de acupuntura donde más le hagan falta —vio con desagrado a Fell—. ¡Idiota! —dijo entre dientes. Luego volteó a ver a Kane—. Me refiero a problemas motivacionales, no de salud. Me refiero al problema de la locura de Hamlet. Estoy en medio de una discusión, coronel, una discusión monstruosa, y quisiera que me ayudara a resolverla de una vez por todas. —Reno frunció el ceño. El perro estaba sentado sobre sus patas traseras junto a Reno—. Escuche, este es el predicamento, la perplejidad, el curioso y misterioso fandango. Por cierto, ¿le molesta si me siento?

—Adelante —dijo Kane.

Reno se sentó en el suelo.

—El caso es que algunos... —se detuvo y volteó a ver a Fell, quien se estaba riendo con una mano cubriendo su boca—. ¿Por qué no vas a vacunar a algún maldito armadillo, Fell? Piérdete, amigo. Lárgate.

—Entremos a mi oficina —sugirió Kane.

—Sí, claro.

—¿Qué decía? —incitó Kane con amabilidad.

—Gracias mi muy gentil hombre. Le decía que algunos especialistas en Shakespeare argumentan que cuando Hamlet estaba actuando como si estuviera loco, en realidad *no* estaba loco. Dicen que todo es una actuación. Ahora, coronel, acudo a usted como loquero y como una persona muy empática, para pedirle *su* opinión al respecto.

—Primero quisiera escuchar su opinión —dijo Kane.

—¡Excelente psiquiatra! ¡Eso es tener clase!

Llegaron a la oficina, Kane se quedó de pie y Fell se sentó en el sofá. Reno se quedó cerca de la puerta con su perro.

—Ahora, veamos —dijo Reno— pensemos en las cosas que hace Hamlet. Primero, anda por todos lados en ropa interior. ¿Correcto? Y eso solo para empezar. —Reno comenzó a tocar las puntas de sus dedos entre sí—. Luego confunde al rey con su madre, le dice a un amable anciano, que además era un buen trabajador, que está senil, hace un berrinche en una fiesta en el teatro, y empieza a hablarle sucio a su novia mientras ella está sentada viendo la obra. Ella solo fue a *ver* la obra, ¿a qué más podría haber ido? ¿A escuchar la boca sucia de Hamlet?

Kane empezó a hablar pero Reno lo interrumpió.

—Como una cloaca. ¡Así de sucia era su boca! ¡Por el amor de Dios, le está hablando a su novia!

—Ofelia —gruñó Fell, mientras exhalaba humo.

—Muy bien —dijo Reno molesto— veo que el concepto de confidencialidad médica no significa nada para usted.

—¿Y el problema? —insistió Kane.

—Sí, el problema. El problema es el siguiente. ¡Preste atención! Considerando la manera en que actúa Hamlet, ¿está verdaderamente loco?

—Sí —respondió Kane.

—No —respondió Fell al mismo tiempo.

—¡*Los dos* se equivocan! —dijo Reno.

Kane y Fell voltearon a verse, ambos inexpresivos. Reno corrió al escritorio de Kane, se subió, se sentó en la orilla y se dispuso a darle una lección a Kane y a Fell.

—Piensen en lo que le pasa a Hamlet: su padre muere, su novia lo deja, luego se le aparece el fantasma de su padre. Y como si aquello no fuera suficiente, el fantasma le dice que fue asesinado. ¿Por quién? ¡Por el tío de Hamlet! ¡Que acababa de casarse con la *madre* de Hamlet! Eso ya es bastante complejo; Hamlet quería *mucho* a su madre. Pero eso no importa. No quiero hablar *mal* de nadie. Lo que digo es que todo lo que le pasa al pobre tonto es bastante perturbador, por llamarlo de *alguna manera*. Y si nos damos cuenta de que es un chico sensible y vulnerable, es obvio pensar que todas esas cosas bastarían para volverlo loco. Especialmente considerando que todas estas cosas ocurren en un clima muy frío.

—Entonces Hamlet está loco —concluyó Kane.

—No, no lo está —lo corrigió Reno, con cara de satisfacción—. Está *fingiendo*… ¡Pero! Si no hubiera fingido estar loco, ¡se *habría* vuelto loco!

Kane tomó una actitud mucho más alerta. Tenía la mirada puesta fijamente en Reno.

—Verán, Hamlet no está loco —continuó el paciente—, sin embargo, está al borde de la locura. Un pequeño empujón, ya saben, un pequeñito y diminuto empujoncito, ¡y el chico habría perdido la cabeza! ¡Hubiera enloquecido! ¡Completamente demente! ¡Y Hamlet lo sabe! No conscientemente, pero su *subconsciente* lo sabe, así que lo obliga a hacer aquello que lo mantendrá cuerdo, es decir, ¡actuar como loco! Porque para él, actuar como loco es como una válvula de seguridad, una manera de liberar presión, una manera de librarse de todas las pinches agresiones y la culpa y el miedo y…

Fell estaba a punto de hablar cuando Reno lo interrumpió bruscamente.

—¡Cuidado con lo que dices! ¡No digas cosas obscenas!

—Yo nunca hablo…

—¡Cállate! Te conozco bien: una mente sucia en una clínica sucia. ¡Incluso tu hilo dental está sucio!

Reno volvió ávidamente su atención a Kane.

—Pequeñín, Hamlet *evita* volverse loco, *actuando* como si estuviera loco; haciendo cosas ridículas y terribles. Entre más loco actúa, ¡más *saludable* está!

—Sí —suspiró Kane. Había en sus ojos alguna especie de revelación.

—Claro, hace cosas terribles —continúo Reno— pero mientras tanto, se mantiene a salvo, ¿me explico? Mire, si yo hiciera lo que Hamlet hace en la obra, me encerrarían, ¿no? Me meterían en un hospital psiquiátrico. ¿Pero a él? ¿Al Príncipe Boca-sucia? Él se sale con la suya. ¿Por qué? ¡Porque *los locos no son responsables de sus acciones*!

—¡Sí! —dijo Kane agitado.

—¿Hamlet cree estar loco? —preguntó Fell.

—Por favor, ningún loco piensa que está loco —respondió Reno con desdén—. Por Dios, vaya tarado.

Ni Kane ni Fell hablaban. Reno dijo:

—¿Puedo tomar su silencio como consentimiento?

—*El hombre de dos reinos* —murmuró Fell.

Reno sacudió la cabeza con incredulidad.

Los ojos de Kane estaban llenos de entusiasmo.

—Creo —le dijo a Reno— que estoy de acuerdo con su teoría.

Reno se volvió hacia su perro de manera triunfante.

—¡Ahí lo tienes! ¿Ya ves, tonto y terco idiota? ¡A partir de ahora haremos la escena a mi manera! —se volvió hacia Kane y le dijo—: ¡Dios bendiga sus arterias, coronel! —y salió de la oficina—. ¡Vamos! —le dijo al perro—. ¡No sabes ni mierda, Rip Torn!

Kane se sentó en su escritorio y se quedó contemplando el teléfono. Después de un rato de silencio, Fell habló:

—Quiero que me escuche —le dijo—. Groper estableció algunas reglas nuevas hoy. Una de ellas es que usted no recibirá visitas después de las siete y…

—¡Groper no debió haber hecho eso! —interrumpió Kane.

—Yo le dije que lo hiciera.

—¡No tenía derecho!

—Ya le dije, ¡se está exigiendo demasiado! —la voz de Fell era intensa.

—Quiero que retiren las restricciones —dijo Kane.

—¡Genial! —Fell sacudió la cabeza—. Apuesto lo que quiera a que esta teoría de Hamlet es una estrategia ideada por Cutshaw para que usted quitara las restricciones.

La cara de Kane estaba emocionada y llena de vida.

—¿Algún comentario al respecto, Pequeñín? —preguntó Fell.

—Solo quisiera —dijo Kane fervientemente— ¡poder estar seguro!

—Oh, claro que puede asegurarse. Solo revise el baúl de Cutshaw y encontrará un libro llamado *La locura de Hamlet*. ¿Y sabe lo que hay en este libro? La teoría que Reno acaba de darnos.

—¿Está *seguro*?

—Estoy seguro.

—¡Así que Cutshaw obligó a Reno a hacerlo!

—¿Qué más podría ser?

—¡Por Dios, encaja perfectamente! —dijo Kane.

—¿El hoyo en mi cabeza?

—La teoría de Hamlet es correcta; ¡es precisamente la condición de la mayoría de estos hombres! Y el hecho de que Cutshaw mandara a Reno a explicarla, es igual que todas esas pinturas que hay en el salón: un grito de ayuda disfrazado y aterrorizado. De alguna persona que nos necesita… ¡*y nos está diciendo cómo ayudarla*!

—¿Y esa persona es Cutshaw?

—¡Su subconsciente!

Kane tomó el teléfono y presionó el botón del intercomunicador. Luego volteó a ver a Fell.

—Por cierto, ¿cómo sabe lo que hay en el baúl de Cutshaw?

—No puedo decirle. «Confidencialidad médica».

—Comuníquenme al Fuerte Lewis —ordenó Kane en el teléfono. Sonaba sumamente entusiasmado—. Sí, con la Oficina de Intendencia. Gracias.

Kane colgó y esperó a que lo conectaran.

—¿Qué piensa hacer? —preguntó Fell.

—Vamos a necesitar suministros.

—¿Para qué?

—Vamos a darles a estos hombres la «válvula de seguridad» que necesitan, lo más que se pueda. Vamos a satisfacerlos totalmente.

—¿Y exactamente cómo propone que hagamos eso? —preguntó Fell.

Kane le explicó.

Fell se veía preocupado.

—Póngalo por escrito —le aconsejó—. ¿No cree que sería mejor?

—¿Por?

—Es algo poco convencional para la mayoría de las personas, mucho más para mentes militares —razonó Fell—. Si yo fuera usted, pondría todo el argumento por escrito.

—Si usted lo dice.

—Deles a esos imbéciles algo que leer. Los pedazos de papel los hacen sentir más seguros.

Kane pensó por un momento y marcó para cancelar la llamada. En ese momento, Cutshaw entró a la oficina gritando: «¡Queremos jugar a *El gran escape*!». Golpeó con el puño el escritorio de Kane. «¡Queremos palas, picos y martillos mecánicos!».

Fell concluyó que Cutshaw debió haber estado en el salón, escuchando detrás de la puerta mientras Kane explicaba su nueva estrategia. Se excusó, se fue a su habitación y volvió a llamar al general del Pentágono, con quien tuvo una discusión. Y perdió. Esa misma tarde voló a Washington D.C. y a la mañana siguiente tuvo la misma discusión en persona. Esta vez ganó.

A su regreso, Kane le preguntó dónde había estado.

—Fui a ver a un tío que tiene problemas —explicó Fell.

—¿Puedo ayudar en algo?

—Ya está ayudando. Los pensamientos amables son la esperanza del mundo.

Capítulo ocho

El comandante Groper estaba agarrado del barandal de la balaustrada del segundo piso y veía incrédulo un andamio en medio del salón. Este rechinaba mientras Gomez subía lentamente hacia el techo y en el camino mezclaba el contenido de varias latas para «pintar el techo como el de la Capilla Sixtina».

Se detuvo cerca del oficial asistente.

—Vaya clima —dijo Gomez.

—¡*Dios todopoderoso!* —dijo Groper.

Volteó hacia abajo. Había una jauría de perros de distintas razas afuera del cuarto de servicio, que estaba frente al salón principal. Los perros aullaban y ladraban. Krebs sujetaba sus correas. Groper vio a Kane salir de su oficina y caminar hacia el sargento. La puerta del cuarto de servicio se abrió y dejó ver a Reno en el interior. Se veía agitado. Viendo hacia afuera, gritó:

—¡Fuera! ¡Largo! ¡Ve a dar un paseo! —un gran perro de raza chow salió de la habitación, mientras Reno le gritaba—: ¡Dile a tu estúpido agente que nunca me vuelva a hacer perder el tiempo!

Reno vio que Kane se acercaba y le dijo alterado:

—¡Cecea! ¿Te imaginas? ¡Estoy haciendo audiciones para el papel de Julio César y los idiotas me mandan un perro que cecea! —giró hacia el cuarto de servicio y gritó—: ¡Tú también, Nammack! ¡Sal de mi vista!

Salió Nammack, vistiendo un disfraz azul y rojo de Superman.

—¿Pero por qué? —preguntó Nammack—. ¡Dime *por qué*! Dame una buena razón por la cual…

Reno lo interrumpió, exasperado.

—Coronel Kane, ¿puedo pedirle un favor? ¿Sería tan amable de explicarle a este imbécil que Superman no puede tener un papel en ninguna de las obras de Shakespeare?

—Sí podría, si utilizas mi idea —respondió Nammack enfadado.

—¡Tu *idea*! —incrédulo, Reno se volvió hacia Kane—. ¿Sabe lo que quiere? ¿Quiere escuchar su gran idea? Cuando los conspiradores están a punto de apuñalar a Julio César, ¡quiere *rescatarlo*! ¡Se lo juro! ¡Quiere descender como un cohete, levantarlo y pasar volando por encima de varios grandes templos con un solo e increíble salto! Dice que…

De pronto, desde arriba cayeron grandes gotas de pintura que salpicaron por todos lados. Reno alzó la mirada y vio a Gomez.

—Malditos locos —murmuró—. ¡*Locos*! —Reno le dijo al sargento—: ¡El que sigue! Krebs soltó la correa de un lebrel afgano que estaba muy ansioso. Reno lo escoltó dentro de la habitación—. ¿Trajiste algunas fotografías tuyas? —le preguntó mientras cerraba la puerta.

Price apareció ante ellos, usando un traje espacial de la NASA y un cinturón volador falso. Habló a través de un altavoz que venía integrado en el traje.

—¿Alguna noticia de la Tierra? —preguntó a Kane con una voz electrónica que resonó por todo el salón. Bajó el volumen—. Lo siento. ¿Alguna carta?

—Su planeta le exige que regrese —dijo Kane.

—Al diablo con eso. ¿Algún paquete? Cuando estuve en Marte, mi mamá me mandaba un pastel de queso cada mes. Lo empacaba en un paquete de palomitas para que conservara la humedad. Toda esa mierda de que existen canales en Marte son puros rumores. Es solo un mito. Créame, Marte está más seco que un culo en el infierno.

Afuera de la mansión se escuchó la sirena de una ambulancia. Fromme la estaba conduciendo por los terrenos, para probar el equipo. Ahora usaba su propio estetoscopio y tenía una bata de cirujano y un maletín.

—Sí, Marte está seco —dijo Kane.

—Bonito moho el que tienen aquí. Muy húmedo. Me gustan las cosas húmedas.

—Revisaré el asunto del pastel de queso —dijo Kane.

—Me cae bien, Cerebro Gigante —dijo Price—. Estrecharía su mano pero me dan asco los tentáculos. Vaya, ni siquiera puedo comer calamares. Oh, disculpe. Lo siento, no quise ofenderlo.

—No se preocupe, no lo hizo.

—Nunca se sabe lo que puede hacer enojar a alguien de otro planeta. Una vez en Urano, dije: «tomate», y me metieron en la cárcel tan rápido que me daba vueltas la cabeza. El embajador de la Tierra tuvo que intervenir para que me sacaran. La gente es muy delicada. ¿Ustedes los cerebros usan ropa? Olvídelo, no conteste. Prefiero no saber. Tabú. Así se llama un perfume que tenemos en la tierra. ¿Sabía? En verdad que este lugar es agradable.

Groper miraba y escuchaba totalmente asombrado. Desde afuera de la mansión, escuchaba cómo Fromme le tocaba la bocina de la ambulancia a Fairbanks, que estaba vestido como Steve McQueen en *El gran escape* y estaba dando vueltas en una motocicleta. Vio a Kane acercarse lentamente a la puerta del sótano. Cuando la abrió, se escuchó el demoledor sonido de un martillo mecánico. Cutshaw y la mayoría de los pacientes se habían embarcado en una operación de excavación de túneles.

En el sótano, Cutshaw gritó:

—¡Apaga esa cosa por un momento!

—Sí, está bien —dijo un paciente mientras apagaba el martillo mecánico. Un silencio espeso envolvió de pronto al grupo.

—Ahora bien, como habrán notado —explicó Cutshaw a algunos hombres que estaban reunidos frente a él—, el Túnel Uno y el Túnel Dos son señuelos. El importante es el Túnel Tres. Ese es de máxima seguridad —dijo, mientras señalaba con un puntero una copia de plano colocada sobre un caballete.

—¿A dónde va eso, Gran X? —preguntó un paciente pelirrojo llamado Caponegro.

El astronauta sonrió.

—Hijo mío, no va absolutamente a ningún lado. Por cierto, estos túneles están estrictamente prohibidos para Reno. Si lo ven, sáquenlo de inmediato; ya de por sí hay demoras; lo último que necesitamos es tener a sus pinches perros aquí abajo. Asegúrense de que…

Cutshaw se detuvo en cuanto se percató de la presencia de Kane, que los observaba desde la parte superior de las escaleras.

—¡Bendito caribú, eres nuestro! —gritó con alegría—. ¡Nuestro y de nadie más! —los hombres empezaron a aclamar y aplaudir.

Groper no podía soportarlo más.

—¡Por Dios! —chilló—. ¡Por el amor de Dios! Volteó a ver sus manos. Sus nudillos se habían puesto blancos de lo fuerte que estaba apretando el barandal.

Groper se dispuso a buscar al coronel Fell. Cuando lo encontró en la clínica, Groper estaba temblando. Fell estaba en su escritorio, hablando en voz baja con Krebs, quien estaba sentado en la orilla de la mesa de examinación.

—¿Qué demonios está *pasando*? —gritó el oficial asistente, cuya voz estaba a punto de quebrarse—. ¡Esto es una *locura*! ¡Por el amor de Dios, Fell, dime qué está pasando! ¿Sabes que están cavando túneles en el sótano? ¡Están *cavando* putos túneles! ¡Tienen un martillo mecánico!

—Ah, bueno, ¿qué tan lejos pueden llegar? —dijo Fell. Tenía una bebida en la mano.

—¡Ese no es el punto! —gritó Groper.

—¿Entonces cuál es?

—¡Todo esto es una *locura*!

Groper había ingresado al ejército como voluntario a los dieciocho años. Para un hombre de orígenes pobres, el ejército significaba una oportunidad de escapar de las constantes humillaciones asociadas a la pobreza. Groper había leído y releído *Beau Geste*, y esperaba encontrar en el Cuerpo de Marines una vida en la cual se dedicara a buscar el «agua azul», una autoestima basada en el honor, el valor y los ideales románticos. El haber sido asignado a custodiar esa mansión y verse obligado a presenciar todas las cosas extrañas que ahí sucedían había sido el último ataque a lo que le quedaba de autoestima, o lo que él consideraba autoestima.

—¡Tienen que ponerle un alto a Kane! ¡Por Dios, no tiene idea de lo que está haciendo! ¡No sabe ni mierda de lo que implica el servicio militar! Revisé su expediente militar: ¡Es un maldito y estúpido civil! ¡Recibió su maldito cargo hace solo seis meses! ¿Por qué demonios está aquí? ¿Qué carajos está *haciendo?* Tiene la idea de que si satisface las fantasías de estos hombres será como una catarsis acelerada para ellos. En otras palabras, estarán curados.

—¡Eso es absurdo!

—¿Tienes una idea mejor?

—¡Estos hombres no están enfermos! ¡Están fingiendo!

—Ay, vete a la mierda, Groper.

Las fosas nasales de Groper, que de por sí eran grandes, se ensancharon aún más. Volteó a ver la taza que tenía Fell en la mano.

—Estás borracho —le dijo.

El sargento Christian entró a la habitación. Estaba cargando una pila de cajas de cartón que contenían ropa. Las puso sobre la mesa de examinación.

—Su uniforme, señor —le dijo a Fell—. Acaban de llegar —luego volteó a ver a Groper—. Señor, los suyos los dejé en su oficina, sobre su escritorio.

—¿*Cuáles* uniformes?

Nadie respondió.

Esa misma tarde, Groper entró como loco a la oficina de Kane. Él estaba en su escritorio, viendo la lluvia por la ventana. No volteó cuando Groper entró.

Groper estaba sin aliento.

—Señor, ¿por qué tengo que usar esto? —preguntó.

Kane volteó lentamente para observarlo. Groper traía un uniforme alemán de la Gestapo, de la época de la Segunda Guerra Mundial. Kane vestía uno igual.

—¿Qué? —preguntó el coronel. Parecía adormilado y distante. Hizo un gesto de dolor y lentamente se llevó una mano temblorosa a la frente. Se veía desconcertado y fuera de sí—. ¿Qué dijo? —repitió.

—Dije que ¿por qué tengo que usar esto?

Kane sacudió levemente la cabeza, como si tratara de desaparecer los últimos rastros borrosos de una visión.

—Se llama psicodrama, comandante. Es una herramienta de terapia más o menos aceptada. Los pacientes están interpretando el papel de Aliados de la Segunda Guerra Mundial que son prisioneros y tratan de cavar un túnel hacia su libertad —Kane entrecerró los ojos—. Nosotros somos los captores —dijo.

—¡Nosotros somos los *prisioneros*! —exclamó Groper con enfado. El haber descubierto que Kane no tenía antecedentes militares, y por lo tanto era solo un civil ante sus ojos, lo había liberado del inexplicable miedo que solía tenerle—. ¡Los pacientes no son más que una bola de tontos cobardes divirtiéndose de lo lindo! —gritó abruptamente—. ¡Por Dios! ¿Por qué tenemos que ayudarles con su diversión? ¡*Yo* no soy un psiquiatra! ¡Soy un *marine*! ¡Esta es una imposición injusta y creo que tengo derecho a...

Se detuvo de golpe y dio un paso hacia atrás. Kane se levantó, furioso y tembloroso, y lo interrumpió con una voz fría y ronca, llena de ira en cada palabra:

—¡Por Dios! ¡Por el amor de *Dios*! ¿Por qué no puedes interesarte un poco en los demás? ¿Por qué no puedes ayudar aunque sea un poco a alguien? ¡Ayúdalos! ¡Ayúdalos, por el amor de Dios! ¡No eres más que un bastardo tortura-orugas con aires de militar! Y te aseguro que vas a usar el maldito uniforme, te bañarás con él y hasta dormirás con él. ¡Trata de quitártelo y *morirás* con él puesto! ¿Está *claro*?

Kane se apoyó sobre el escritorio, el peso de su cuerpo estaba soportado sobre las temblorosas puntas de sus dedos.

Groper tenía los ojos bien abiertos. Retrocedió lentamente en reversa hacia la puerta.

—Sí, señor —estaba impactado. La puerta se abrió detrás de él y esto hizo que se cayera al suelo. Cutshaw entró a la oficina, vio a Groper, quitó la bandera estadounidense de la pared y la colocó sobre el cuello del comandante, anunciando—: Reclamo este pantano en el nombre de Polonia.

—¡Groper, salga de aquí! —le ordenó Kane, aún tembloroso.

—¡De inmediato! —dijo Cutshaw mientras Groper se quitaba la bandera y se levantaba rápidamente—. ¡Y mantén ese uniforme limpio! —añadió Cutshaw—. Voy a nominarte para un concurso.

Groper desvió la mirada y se fue. Cutshaw se le quedó viendo por un momento, luego volteó a ver a Kane.

—¿Qué pasa? ¿Sucede algo?

Kane estaba en su escritorio de nuevo, con la cabeza apoyada sobre las manos.

—Nada —dijo. Volteó a ver a Cutshaw y sus ojos se llenaron de compasión—. ¿Qué pasa? —preguntó con gentileza—. ¿En qué puedo ayudarlo?

—Bueno, para empezar, comandante Strasser, mis hombres quieren instalaciones de baño por cada quince metros de túnel. ¿Puedes proporcionarlas?

—Sí —dijo Kane.

Cutshaw volteó a ver rápidamente a la pared que había intentado escalar una vez.

—Por cierto, ¿ya arreglaste esa maldita pared?

—No.

—Pero la arreglarás.

—Sí.

—¿Quién eres?

La cara de Kane estaba ensombrecida. No respondió.

—¿Quién eres? —repitió Cutshaw—. Eres demasiado humano para ser humano —su expresión se tornó sospechosa y se acercó al escritorio—. Quisiera una chupeta —le dijo gravemente a Kane.

—¿Qué?

—Una chupeta, ya sabes, una paleta. ¿Me das una?

—¿Por qué?

—De acuerdo, entonces no eres Pat O'Brien. Pat O'Brien me la habría dado sin interrogarme o revisar mis malditas referencias. ¿Quién diablos eres? El suspenso me está matando. Tal vez seas P. T. Barnum —dijo—. P. T. Barnum mataba corderos. Montaba una jaula, como una especie de atracción de feria, y dentro de la jaula metía a una pantera y a un cordero. Y nunca había problemas, Huddy. ¡El público enloquecía! Decían: «Mira, ¡una pantera y un cordero y ni siquiera discuten! ¡Ni siquiera *discuten*!». Pero lo que el público no sabía, Hud, es que nunca era el mismo pobre cordero. Esa maldita pantera se comía un cordero todos los días durante el intermedio, durante trescientos días, y le dispararon por pedir salsa de menta. Los animales son inocentes. ¿Por qué tienen que sufrir?

—¿Por qué los hombres tienen que sufrir?

—Vamos, esa respuesta es una trampa. Tú tienes las respuestas para eso. Por ejemplo, el dolor hace nobles a las personas, de otro modo el hombre no sería más que un panda parlante que juega ajedrez, de no ser por la *posibilidad* de sufrir. ¿Pero qué me dices de los animales, Hud? ¿El dolor hace nobles a los pavos? ¿Por qué toda la creación está basada en un perro que se come a otro? En un pez grande que se come al pequeño. ¿Por qué tiene que tratarse de animales gritando de dolor? ¿De una herida abierta? ¿De un puto matadero?

—Tal vez las cosas no eran así al principio.

—¿Ah sí?

—Tal vez el «Pecado Original» es solo una metáfora para una horrible mutación presente en todos los seres vivos desde hace mucho, mucho tiempo. Tal vez nosotros fuimos los causantes de esas mutaciones, de algún modo. Tal vez una guerra nuclear en la cual estuvo involucrado todo el planeta. No lo sé. Pero tal vez a eso nos referimos cuando hablamos de la «Caída del hombre», y cuando decimos que los bebés inocentes heredaron el pecado de Adán. Genética. Somos mutaciones; monstruos, por decirlo de otro modo.

—¿Entonces, por qué Pie no nos *dice* eso y ya? ¿Por qué no puede aparecer en la punta del edificio Empire State y decirnos todo esto? ¡Así todos seríamos buenos! ¡Cuál es el maldito problema? ¿A Pie se le acabaron las tablas de piedra? Mi tío Eddie es dueño de una cantera; yo puedo conseguírselas al por mayor.

—Está pidiendo milagros —comentó Kane.

—Le estoy pidiendo a Pie que o cague o se quite del retrete. ¡Hay muchos dioses extraños con diarrea que están esperando su turno!

—Pero…

—¡Hoy, un autobús lleno de huérfanos se cayó por un barranco! Lo escuché en las noticias.

—Tal vez Dios no pueda interferir en nuestros asuntos.

—Sí, ya lo he notado —Cutshaw se sentó en el sofá.

—Tal vez Dios no puede interferir porque si lo hiciera se arruinarían sus planes a futuro —apeló Kane. Había compasión en su voz y en sus ojos—. Alguna evolución del hombre y del mundo —continuó—. Algo que es tan inimaginablemente hermoso que vale todas las lágrimas, el dolor y el sufrimiento de cada ser viviente; y tal vez cuando lleguemos a ese momento recordaremos todo esto y diremos: «Sí, sí, ¡me alegra que haya sucedido así!».

—Yo digo que eso es una mierda y al demonio con tu teoría.

Kane se inclinó hacia adelante.

—¿Está convencido de que Dios está muerto por toda la maldad que hay en el mundo?

—Así es.

—¿Entonces por qué no cree que esté *vivo* por toda la *bondad* que hay en el mundo?

—¿Cuál bondad?

—¡Hay bondad en todos lados! ¡A nuestro alrededor!

—Después de esa respuesta tan entusiastamente fatua, siento que debo ponerle fin a esta discusión.

—Si solo somos átomos, estructuras moleculares sin diferencia alguna con este escritorio o con esta pluma, ¿entonces cómo es que existe el amor en el mundo? Me refiero a un amor como el que podría sentir Dios. ¿Cómo es que un hombre es capaz de dar su vida por la de otra persona?

—Nunca ha pasado —dijo Cutshaw.

—Claro que ha pasado. Pasa todo el tiempo —Kane no estaba discutiendo de forma desapasionada, estaba totalmente involucrado en el argumento.

—Dame un ejemplo —dijo Cutshaw.

—Pero obviamente es cierto, no hacen falta ejemplos.

—¡Dame un *ejemplo*! —Cutshaw se había levantado y estaba parado frente al escritorio, confrontando a Kane.

—Un soldado que se lanza sobre una granada para evitar que otro hombre de su pelotón reciba el impacto.

—Ese es acto reflejo —respondió Cutshaw.

—Pero...

—¡Prueba que no lo es!

Kane agachó la mirada y trató de acomodar sus pensamientos. Luego volteó a ver a Cutshaw y le dijo:

—Está bien. La sobreviviente de un naufragio se encuentra en medio del océano en un bote salvavidas y se percata de que tiene meningitis, así que decide arrojarse deliberadamente al océano y ahogarse para evitar que las demás personas que están en el bote contraigan la enfermedad. ¿Cómo llama a eso? ¿Un acto reflejo?

—No, lo llamo suicidio.

—Suicidarse y sacrificar la vida no son la misma cosa.

—Eres tan tonto que resulta adorable.

—La esencia del suicidio es la desesperación.

—La esencia del suicidio —refutó Cutshaw— es que nadie puede cobrar el seguro —Kane estaba a punto de responder pero Cutshaw alzó la voz—. Todos los ejemplos que me has dado o que pienses darme tienen una explicación.

—¿Como la manera en que explicaste el ejemplo de la mujer en el bote salvavidas?

—Tal vez sus hijos estaban a bordo del bote, lo que indicaría un caso de instinto maternal. O tal vez alguien la empujó.

—No, no fue así —dijo Kane, sacudiendo la cabeza.

—¿Cómo demonios sabes? ¿Estuviste ahí?

—No, claro que no. Solo es un ejemplo.

—¡Exacto! ¡Ese es exactamente mi punto! A eso iba justamente: ¿Quién puede asegurarnos que todos los ejemplos que escuchamos no son una mierda, o no tienen una maldita explicación egoísta?

—Lo sé —dijo Kane con firmeza.

—¡Yo no lo sé! Ahora dame uno, solo un ejemplo que tú hayas presenciado, ¡que hayas visto en *persona*!

Kane se quedó en silencio, sus ojos, apasionados y misteriosos, sobre Cutshaw.

—¡Solo uno! ¿El tipo de la granada, por ejemplo?

Kane bajó la mirada y contempló su escritorio.

Cutshaw adoptó un tono desolado.

—Eso pensé —murmuró. De pronto volvió a estar animado, casi maniático—. Mañana es domingo —dijo—. Quiero que me lleves a misa.

—Pero su Dios está muerto —respondió Kane.

—Así es, pero tengo un interés profundo y agudo por el estudio de cultos primitivos. Además, me encanta venerar estatuas, siempre y cuando no tenga que verles los pies. ¿Alguna vez has visto algo tan feo como el pie de una estatua de San José? ¿Con pintura descolorida y yeso viejo y desbaratado en los dedos? ¡Por *Dios*! ¡Es de lo más ruin! Pero en serio, llévame a misa mañana. Estaré en silencio y me portaré bien, Hud, lo juro. ¿Por favor? Solo me sentaré y pensaré cosas piadosas. ¿De acuerdo?

Kane se quedó en silencio por un momento, considerándolo.

—¿Qué tal helechos? ¿Puedo pensar en hojas de helecho? ¡O me sentaré en silencio a pensar en pianos! —acercó su cara a la de Kane—. Quiero ir —dijo con suavidad—. En verdad.

Kane accedió a llevarlo. Cutshaw salió saltando eufórico de la habitación. Corrió hacia el patio, golpeando sus brazos contra el pecho. Se levantó una brisa fría y el sol se escondió debajo de la línea de los árboles, como una bola de un color naranja vívido, ocultándose en la oscuridad. Groper se quedó de pie junto a la ventana de su oficina, observándolo. Luego vio a Krebs y a Christian entrar al patio. Los dos sargentos usaban uniformes de guardias de asalto nazis, además cada uno llevaba un rifle en el hombro y un pastor alemán con correa. Los dos se colocaron en extremos opuestos del perímetro del patio y empezaron a marchar, montando guardia. Cuando Cutshaw los vio, emitió un grito de alegría. Groper sacudió la cabeza. Decidió revisar de nuevo el expediente de Kane. Recordaba que había un párrafo que hablaba de sus métodos psiquiátricos. Había una palabra que no recordaba. «¿Novedosos?». «¿Erráticos?». Le pidió a un mecanógrafo que desenterrara el archivo y que pusiera otro rastreador para Fell, que nunca llegó. Revolvió los papeles sobre su escritorio y advirtió que estaba programada la llegada de un nuevo paciente. Mandó llamar a un celador y le dijo que preparara una cama.

Krebs y Christian patrullaron hasta las once, cuando las luces se apagaron. En determinado momento, más temprano, se habían acercado entre sí desde los extremos opuestos del patio y se habían detenido brevemente frente a frente. En ese momento, Krebs le había dicho a Christian:

—Apuesto a que mi perro salvaje puede lamer a tu perro salvaje —Christian se negó a ser atraído a responder y los sargentos continuaron caminando y nunca se vio que volvieran a conversar durante el resto de la noche.

A la mañana siguiente, poco antes de las siete, Kane se encontraba sentado en el auto del personal y había mandado a Krebs a buscar a Cutshaw. Cuando el astronauta finalmente apareció, estaba vestido con su uniforme color caqui, planchado y almidonado. Su cabello estaba tieso, por la vaselina, y se había afeitado la barba al ras, pero seguía llevando los tenis y la sudadera harapienta de la universidad. Además usaba un escandaloso y alto cuello de camisa, estilo Buster Brown, adornado por un lazo rojo brillante. Al principio Kane insistió en que se quitara el cuello y los tenis, pero se dio por vencido cuando Cutshaw argumentó:

—¿Crees que a Pie le importe un carajo la ropa que use?

Manejaron hasta la iglesia, una estructura simple, con techo en forma de «A», ubicada en el pueblo costero de Bly. Se quedaron ahí durante unos minutos.

Luego salieron del auto. Cutshaw se veía aterrado de repente y agarró la mano de Kane. No la soltó hasta que entraron a la iglesia.

En el vestíbulo, Kane se detuvo para mojar sus dedos en la pila de agua bendita, y Cutshaw caminó rápidamente hacia el frente de la iglesia, con un paso veloz que parecía imitar al de una paloma, y moviendo los hombros de un lado a otro. Cuando llegó al banco que estaba hasta enfrente, se detuvo y llamó a Kane con susurro en voz alta:

—¡Hud, por aquí! ¡Vamos a ver las estatuas!

Kane caminó por el pasillo, ignorando las miradas curiosas de los feligreses. Hizo una breve reverencia junto al banco, se levantó y se arrodilló junto a Cutshaw. El astronauta estaba hincado rígidamente, observando devotamente al sacerdote, cuyas manos estaban levantadas, de espaldas a los feligreses.

—¿Es Edgar Cayce? —preguntó en un tono de voz que se escuchó hasta el altar. El sacerdote hizo una breve pausa, miró alrededor y luego siguió con la misa.

Cutshaw estuvo callado hasta el sermón, que hablaba del Buen Pastor que estaba dispuesto a «dar su vida por la de sus ovejas». Cada vez que el sacerdote hacía algún punto tajante, Cutshaw aplaudía o murmuraba:

—¡Bravo! —el sacerdote, un exmisionero que había pasado gran parte de su vida en China, simplemente asumió que Cutshaw estaba borracho, y pensó que ciertamente no era más molesto que niños que chillaban o caudillos militares que eructaban. Cuando Cutshaw aplaudía, el sacerdote alzaba la voz y lo ofrecía como sacrificio a Dios.

Cuando llegó el momento de dar la limosna, Cutshaw pidió en voz alta una moneda de cinco centavos. Kane le dio un dólar. Pero cuando la canasta de limosnas llegó a manos de Cutshaw, la sostuvo firmemente, metió su nariz en ella, olfateó con fuerza, y abruptamente la pasó a la siguiente persona. Luego se metió el dólar al bolsillo.

Kane lo observaba mientras se arrodillaban para la consagración. Cutshaw tenía las manos juntas frente a él y la mirada fija en el altar, su cabeza como de duendecillo estaba bañada en la luz del sol que entraba tenuemente por los vitrales. Parecía el dibujo de un niño del coro en una tarjeta de Navidad.

Cutshaw se comportó con decoro durante el resto de la misa, excepto por un momento en el que se levantó y dijo:

—La bondad infinita está creando un ser del cual se quejará y lo saben de antemano.

Mientras caminaban por el pasillo, hacia la salida, Cutshaw volvió a tomar la mano de Kane. Afuera, en los escalones, volteó a verlo y dijo simplemente:

—Me gustó.

Estuvo callado en el camino de regreso, hasta que llegaron a la puerta de la mansión. Entonces dijo, en una voz infantil:

—Gracias.

—¿Por qué te quedaste con el dólar? —preguntó Kane.

—Para paletas —dijo Cutshaw mientras salía del coche y entraba corriendo a la mansión. Volvió a salir de inmediato.

—Si mueres primero y hay vida después de la muerte, ¿me darás una señal? —preguntó.

—Trataré.

—Eres genial.

Cutshaw se alejó. Empezó a caer una llovizna. Kane miró al cielo y escuchó truenos a la distancia. Entró al salón principal y se encontró con Fell, quien estaba abrochando el cinturón de su gabardina.

—¿Cutshaw se comportó bien? —preguntó.

—Como de costumbre —respondió Kane.

—¿Por qué lo llevó?

—Porque quería ir.

—Claro, qué tonta pregunta.

—¿A dónde va?

—A la playa.

—Hace frío y está lloviendo —dijo Kane.

Fell lo miró con extrañeza.

—Solo voy a comer, no a nadar, viejo amigo. Hay un restaurante ahí que sirve unos huevos benedictinos deliciosos. ¿Quiere acompañarme? Vamos.

—No, creo que me recostaré por un momento. Estoy cansado —Fell lo observó inquisitivamente—. Con su permiso —Kane pasó junto a Fell rumbo a la escalera.

—Claro, no hay problema —dijo Fell—, esperaba que viniera para que pagara la cuenta. Kane parecía distraído al caminar. Fell sacudió la cabeza. Cambió de opinión sobre salir. Se dirigió al comedor a buscar café y no se dio cuenta de que Krebs estaba saliendo de la oficina de Kane. El sargento corrió tras Kane.

—¿Coronel? ¿Coronel Kane, señor?

Kane se detuvo en el último escalón. Había bolsas pesadas y oscuras debajo de sus ojos. Y dolor. Esperó a que Krebs lo alcanzara.

—¿Coronel?

—¿Qué pasa?

—Pues, es sobre el nuevo, señor.

—¿El nuevo?

—El paciente nuevo, coronel. Llegó hace media hora, más o menos. Lo dejé en su oficina. Pensé que tal vez preferiría que no se mezclase con los otros hasta que... bueno, hasta que le haya explicado un poco las cosas. Se ve bastante... pues, normal, señor. Fatigado por el combate, por lo que se ve. Es todo lo que sé de él.

—Iré en un minuto.

—Muy bien, señor —dijo Krebs y bajó las escaleras.

Kane entró a su habitación. Cerró la puerta con llave y entró al baño. Tomó un frasco de aspirina y lo sacudió en su mano hasta que salió una de las pastillas de Demerol de 100 miligramos que había hurtado del compartimento de medicinas. La ingirió, no había otra cosa que aliviara el dolor.

Bajó a su oficina. Antes de abrir la puerta, Cutshaw se acercó a él.

—¿Podrías hablar con Reno? —se quejó el astronauta—. Para que saque a sus pinches perros de los túneles. Ya de por sí estamos retrasados.

—Sí, se lo diré —dijo Kane. Su voz estaba apagada.

—Quiero hablar contigo sobre la resurrección de Cristo —dijo Cutshaw—. ¿Crees que fue corporal?

—Podemos hablar de eso después —dijo Kane.

—¡No! ¡*Ahora*! —Cutshaw abrió la puerta de la oficina. El recién llegado, un teniente del Cuerpo de Marines, llamado Gilman, estaba sentado en el sofá, con un bolso marinero mojado a sus pies. En su frente, justo arriba del ojo derecho, había una cicatriz en forma de «z». Volteó a ver a Kane con una expresión sorprendida.

—No puedo creerlo —dijo el teniente—. ¡«Killer» Kane!

Capítulo nueve

En el otoño de 1967, él había estado en Vietnam, a cargo de un campamento de fuerzas especiales al sur de una zona desmilitarizada de alto riesgo. Una vez, al final de una misión particularmente peligrosa, el subteniente a cargo lo había encontrado de pie junto a un árbol en un punto de encuentro. Estaba mirando distraídamente hacia el atardecer.

—¡Coronel Kane! —murmuró el teniente—. ¡Soy yo, Gilman!

La cabeza de Kane estaba agachada. No respondió.

Gilman entrecerró los ojos en medio de la oscuridad. No fue hasta que se acercó que notó la sangre que manchaba la pintura de grasa que cubría la cara de Kane. Siguió la mirada de Kane hacia el suelo y vio el débil y ensangrentado cuerpo de un vietcong, vestido con un uniforme negro tipo pijama. El cuerpo estaba decapitado.

—Agarraste a uno —dijo Gilman monótonamente.

—Solo un chico —la voz de Kane era como de ensueño. Levantó su mirada vacía hacia Gilman—. Me habló, Gilman.

Gilman lo observaba con preocupación. Kane estaba parcialmente de espaldas hacia él.

—¿Se encuentra bien, señor?

—Le corté la cabeza y seguía hablando, Gilman. Me habló después de haberlo matado.

Gilman estaba alarmado.

—Señor, vámonos —le suplicó—, está amaneciendo.

—Me dijo que lo amaba —dijo Kane sombríamente.

—¡Por Dios, olvídese de eso, coronel! —la cara de Gilman estaba cerca de la de Kane. Apretó su brazo fuertemente.

—Era solo un chico —dijo Kane. Luego Gilman contempló con horror mientras Kane levantaba las manos. Acunada entre sus brazos, estaba la cabeza cercenada de un chico de unos catorce años—. ¿Ves?

Gilman reprimió un grito. Empujó salvajemente la cabeza de las manos de Kane. Esta rodó por una pendiente hasta que finalmente chocó contra un árbol.

—Oh, por Dios —gimió Gilman.

Finalmente logró llevar a Kane de regreso a la base, pero cuando Kane se recostó estaba en un estado de trance. Un enfermero registró el incidente, anotando que Kane debía permanecer en observación.

A la mañana siguiente, Kane se comportaba de manera normal y cumplía con sus deberes. Parecía no recordar nada sobre la cabeza decapitada. Durante los siguientes días, se cuestionaba a sí mismo sobre el motivo de las miradas extrañas del teniente Gilman. Kane se aseguraba siempre de que Gilman no lo acompañara en ninguna misión. No sabía exactamente por qué lo hacía, pero de algún modo le parecía más eficiente de este modo.

Dos semanas después del incidente, Kane se encontraba parado junto a la ventana de la choza de su asistente. Estaba observando la lluvia torrencial que no había parado en cuatro días. Su asistente, un capitán de ojos oscuros, llamado Robinson, estaba caminando junto a un teletipo que arrojaba mensajes cortos. El sonido que producía se mezclaba en perfecta síncopa con el sonido de la lluvia.

De repente, Kane se sobresaltó, y después se calmó. Creyó haber escuchado una voz que venía de la selva: un llanto que sonaba como «¡Kane!». Luego vio cómo un pájaro salía de la cima de los árboles y recordó el chirrido que emite esa especie.

Por algún motivo, sus dedos estaban temblorosos y sus huesos crispados: estos habían sido sus compañeros desde que llegó a Vietnam por primera vez, estos y la falta de sueño. Cuando lograba conciliar el sueño, se veía poseído por horripilantes pesadillas que nunca recordaba. Trataba de hacerlo, pero no podía. Incluso había ocasiones en las que pensaba dentro del sueño: «esta vez seguro lo recordaré», pero nunca lo hacía. El único legado que traía cada mañana húmeda era el sudor y las picaduras de mosquitos. Sin embargo, estaba consciente de que los sueños nunca se iban; corrían oscuramente por sus venas. Detrás de él, percibía huellas difusas, ojos amenazantes que estaban fijos sobre una presa que vivía dentro de él. Se veía asediado por el presagio de un desastre.

El sonido de la máquina hacía que sus dientes rechinaran sin parar.

—¿Podrías apagar esa maldita cosa? —exclamó Kane.

—Acaban de llegar órdenes especiales, señor —le dijo Robinson. La máquina se calló. Robinson arrancó el mensaje. Cuando alzó la mirada, el coronel se había ido y la lluvia salpicaba desde la puerta abierta. Robinson llevó el mensaje hasta la puerta y vio a Kane corriendo hacia la selva; no traía gabardina, ni sombrero, y se empapó de inmediato con el fuerte aguacero. Robinson sacudió la cabeza.

—¡Señor! ¡Coronel Kane! —gritó.

Kane se detuvo de golpe y volteó. Sus manos estaban extendidas frente a él, como un niño atrapando la lluvia, y él las contemplaba.

—¡Es para usted, señor! —gritó el asistente mostrándole el mensaje.

Kane caminó lentamente de regreso a la choza y se quedó de pie observando a Robinson en silencio. De sus pantalones y mangas escurrían chorros de agua que hacían charcos en el piso.

El teletipo había recibido un mensaje que contenía órdenes especiales, las cuales indicaban reasignar a Kane al estado de Washington. Robinson se veía cabizbajo mientras se las entregaba a Kane.

—Oh, bueno, obviamente se trata de un error, señor. Alguna estúpida computadora debe haberse equivocado.

El asistente señaló una frase en el mensaje.

—¿Ve? El número de serie está mal, y usted aparece registrado como «Psiquiatra». Debe tratarse de otro coronel Kane.

—Sí —murmuró Kane y asintió con la cabeza. Luego tomó el mensaje de las manos de Robinson y observó su contenido. Se podía observar un sentimiento de lucha en su mirada. Finalmente, arrugó el pedazo de papel en su mano y salió a caminar bajo la lluvia de nuevo, hasta que se perdió de vista. Robinson observaba el torrente que caía del cielo. Su corazón estaba apesadumbrado. Recientemente, el comportamiento de Kane había sido anómalo, y esto no había pasado desapercibido.

Repentinamente, anocheció. El asistente caminaba nerviosamente en el cuartel, fumando un cigarro tras otro. Hace muchas horas que Kane había salido. ¿Qué debía hacer? ¿Mandar a una patrulla a buscarlo? Quería evitarlo lo más que fuera posible; verse en la necesidad de explicar que «el coronel Kane salió a dar un paseo en la lluvia, sin sombrero y sin gabardina, pero no creo que sea de extrañarse dado su comportamiento de los últimos días, que ha sido raro, por lo general». Era protector respecto al coronel. Todos veían a Kane con una mezcla de asombro, desagrado y miedo; pero él era amable con Robinson, incluso lo trataba con cariño, y le había dejado ver, de vez en cuando, la sensibilidad que existía atrapada dentro de él.

Robinson apagó el cigarro, tomó su pipa y empezó a masticar la punta. Luego vio a Kane empapado, de pie en la entrada. Estaba sonriendo ligeramente mientras contemplaba a su asistente.

—Si pudiéramos limpiar la sangre, ¿crees que podríamos hallar el lugar donde hemos escondido nuestras almas? —preguntó. Antes de que Robinson pudiera responder, Kane se había ido a su habitación. El asistente escuchó el sonido tenue que hizo su puerta al abrirla y cerrarla.

A la mañana siguiente, Kane le dijo a Robinson que a pesar de las discrepancias en las órdenes que habían enviado, creía que su contenido era correcto. Así que iría a Washington.

Robinson supo que tendría que reportar esto.

—Para cuando llegó a Estados Unidos, acababan de darse cuenta del error —Fell estaba sentado en la orilla de la mesa de examinación de la clínica. De su bolsillo, sacó con manos temblorosas un cigarro y un cerillo. Inhaló el humo y luego lo expulsó—. Para entonces estaba claro que pensaba seguir adelante con esto —Fell ahuecó sus manos con el cerillo apagado en ellas y se quedó viendo un anuncio que venía en la caja de los mismos, el cual era de una escuela técnica que prometía ayudarte a conseguir empleo; luego, lentamente, volteó a ver a cada uno de los hombres que había reunido en la clínica: Groper, Krebs, Christian, los enfermeros, y Gilman. Todos tenían expresiones serias y desconcertadas—. Se escuchaban muchas historias que aseguraban que había perdido la cordura. Parecía estar al borde de una crisis de nervios. Pero cuando aceptó este encargo, tuvimos la certeza. Había enloquecido —Fell sacudió la cabeza y continuó—: ¿Pero cómo se lo dices a un hombre con un historial como el suyo?

Groper volteó a ver las órdenes que tenía en la mano y sacudió su leonina cabeza, sorprendido. Luego le entregó las órdenes a Fell.

—Y estas órdenes tuyas —le dijo a Fell—, ¿son ciertas?

Fell asintió.

—Pueden apostar que así es —dijo con firmeza. Luego se sacó el cigarro de la boca—. Kane no eligió su línea de trabajo —sus palabras eran suaves, como el humo que exhalaba—. Durante la Segunda Guerra Mundial era un piloto de combate. Una vez que saltó en paracaídas, quedó atrapado detrás de las líneas enemigas y tuvo que luchar para regresar. Esa vez mató como a seis. En los cuarteles generales sintieron que tenía un talento para esto. Así que lo volvieron un especialista. Lo dejaban detrás de las líneas enemigas en misiones clandestinas para que se las ingeniara como pudiera para volver. Y siempre lo lograba. Y en el camino, acababa con gran parte del enemigo. Acabó con muchos. Usando un cuchillo o sus propias manos. Aunque la mayoría de las veces, era con un alambre. Y esto lo destrozaba. Era bueno. Un buen hombre. Fuimos nosotros los que pusimos el alambre en sus manos y le dijimos: «¡Vamos! ¡Ve por ellos, chico! ¡Por Dios y por el bien de la nación! ¡Es tu deber!». Pero una parte de él no lo creía: la parte buena. Esa fue la parte que desconectó el enchufe en su cabeza. Luego, por error de una computadora, se le ofreció al pobre bastardo una salida a medias: una manera de enfrentar su enfermedad, sin tener que afrontarla; una manera de esconderse, de esconderse de sí mismo; y una manera de limpiar la sangre, de hacer penitencia por todos los asesinatos, curando a otros.

—Verán, al principio, solo era una pretensión —continuó Fell—. Pero en algún momento durante el camino de regreso de Vietnam, se convirtió en algo más, mucho más. Su odio por el Kane que asesinaba se volvió negación; y llegó un punto en el que la negación era tan abrumadora que borró por completo la identidad de Kane; reprimió al Kane que mataba y se transformó en la mejor versión de sí mismo, por completo. Excepto cuando soñaba. En su estado consciente, él era Kane el psiquiatra; y todo aquello que contradijera aquella creencia, lo negaba y lo incorporaba a su sistema ilusorio.

Fell volteó a ver la ceniza de su cigarro; era larga. Puso una mano debajo de ella y la retiró de un golpecito.

—Por Dios... presentaba todos los síntomas —dijo Fell, mientras sacudía la cabeza—. Estados de fuga, complejo redentor, migrañas. Deben haberse percatado de algo de esto, del dolor que sentía. Por eso empezó a tomar los fármacos.

Krebs agachó la cabeza, como si se sintiera apenado.

—Krebs lo sabía —dijo Fell.

Krebs asintió, aún con la cabeza agachada, mientras los otros lo miraban.

—En fin, los convencí de que lo dejaran seguir adelante con la farsa —continuó Fell—. Era un experimento, en parte. Era parte de todo esto. Así que lo dejaron seguir. Kane estaba dentro del problema, viendo hacia afuera. Un paciente actuando como psiquiatra, y lidiando con el problema de un modo que nunca antes habíamos visto. Esperábamos que nos ayudara a entender mejor la situación. Y extrañamente, lo hizo. Creo que los otros pacientes han respondido bien a su terapia. Pero hoy tuvo un retroceso. Uno muy grave. Realmente grave. Verán, su gran esperanza para curarse es erradicar la culpa por medio de un acto salvador: curar a los otros hombres, o al menos ver una mejoría en ellos. Pero eso lleva tiempo… y requiere de su ayuda.

Fell le hizo un gesto a Groper.

—Ya viste mis órdenes. Yo estoy a cargo, pero quiero que parezca como si el coronel Kane siguiera al mando —Fell volteó a ver a Gilman—. Gilman, quiero que trates de convencer a los otros pacientes de que te equivocaste. En su estado, no creo que sea muy difícil. ¿Puedes hacerlo, Gilman? ¿Lo harías? Por favor —la voz de Fell tenía un tono suplicante.

—Oh, pues claro —dijo Gilman de inmediato—. Sí, claro que sí.

—Gracias —Fell dirigió su atención al asistente—. Groper, tú y el resto del personal respaldarán a Gilman. Incluyéndome a mí.

Groper, quien seguía leyendo las órdenes, alzó la mirada.

—Coronel, déjeme ver si le entendí —dijo—. ¿Usted ha estado a cargo todo este tiempo?

Fell asintió.

—Así es —dijo—. Él es Vincent Kane. Yo soy Hudson Kane. Yo soy el psiquiatra. Vincent es mi paciente —los ojos de Fell se llenaron de lágrimas y su voz se quebró—. Cuando éramos niños siempre lo hacía reír. Era un payaso. Y he tratado de ayudarlo… a recordar. Pero no me recuerda.

No pudo contener más las lágrimas.

—Es mi hermano —dijo.

Capítulo diez

Kane despertó en su habitación. Estaba acostado en la cama, completamente vestido. Se levantó con la sensación de que algo estaba mal. Vio a su hermano, inclinado hacia adelante, en una silla junto a la cama. Su cara tenía una expresión extraña de preocupación.

—¿Cómo se siente?

Vincent se le quedó mirando sin comprender.

—¿Qué? ¿Qué pasa? —preguntó—. ¿Qué sucedió?

—Se desmayó. ¿No lo recuerda?

Vincent se veía trastornado. Sacudió la cabeza.

—¿Qué es lo que recuerda?

—Nada. Estaba caminando hacia mi habitación y ahora estoy aquí —se veía confundido—. ¿Me desmayé?

Hudson lo observaba atentamente.

—¿Recuerda al nuevo paciente?

—¿Nuevo paciente?

—No recuerda.

—¿De qué diablos está hablando? ¿Qué está pasando aquí? —preguntó molesto.

De pronto se rompió el vidrio y una roca entró volando a la habitación. Golpeó la pared, cayó en la mesa de noche y rebotó en el suelo. Cutshaw gritaba desde el patio de la mansión, enfurecido e histérico:

—¡Háblame de Dios, maldito bastardo! ¡Háblame de la bondad en el mundo! ¡Baja aquí con tu alambre, bastardo! ¡Baja!

El psiquiatra observó a su hermano con ansiedad; podía ver la consternación en su rostro.

—Ese idiota de Krebs —murmuró—. Dejó pasar un paquete de la madre de Cutshaw sin abrirlo antes. *Sabía* que era alcohol.

—¡Ven aquí! —gritó Cutshaw—. ¡Ven aquí con tu alambre! —luego se escucharon sollozos y un llanto desgarrador—. ¡*Te necesitaba*!

Vincent Kane contemplaba aturdido la escena. La sangre empezaba a drenarse de su rostro. Su hermano se levantó y se asomó rápidamente por la ventana. Vio a Cutshaw salir corriendo. Amplificando su voz con las manos, le gritó:

—¡Dile a tu madre que la próxima vez te mande un cóctel! —volvió a la cama y se sentó al lado de Vincent, y mientras le tomaba el pulso con su reloj, le dijo—:

Ese whisky, Panther Piss, puede matarte. Lo hacen en California, y escuché que una vez le sacó canas a una almeja. En serio.

Su hermano lo observaba, sin parpadear.

—Estaba enojado —dijo Vincent—. Qué extraño.

Afuera se escuchó cómo se encendía el motor de una motocicleta, y la voz de Groper gritando:

—¡Cutshaw! —la motocicleta se alejó rugiendo.

Vincent se levantó de la cama y se asomó por la ventana. Vio cómo la motocicleta atravesaba el portón de madera. Su hermano se acercó a él.

—Atravesó el portón —dijo Vincent, alarmado y confundido.

—Una parte más del variado desfile que es la vida.

—¿Por qué haría eso?

—Es noche de sábado.

Vincent se veía muy preocupado. Tocó con la punta del dedo los restos afilados y dentados del cristal roto. Su hermano lo observaba con ojos trágicos y murmuró suavemente:

—No, nada de recuerdos. Nada de risas.

Vincent volteó, su mirada estaba llena de cuestionamientos.

—¿Qué? —dijo.

—Necesita descansar —el psiquiatra se acercó a la puerta—. Mandaré a los enfermeros a buscarlo.

—Pero no sabrán dónde encontrarlo.

—No llegará muy lejos —abrió la puerta y dijo—: No se preocupe.

El psiquiatra salió al pasillo. Decidió que sería mejor que él fuera a buscar a Cutshaw. Iría con Gilman para ver si el astronauta aceptaba el cambio en su versión de la historia. Si no lo hacía, el psiquiatra decidió que tendría que confiarle la verdad a Cutshaw. Bajó rápidamente las escaleras.

Vincent Kane estaba sentado en la cama, observando el cristal roto. Su cabeza palpitaba. Algo estaba mal. Algo no cuadraba. ¿Pero qué? ¿Qué era? Ya había sufrido de lapsos de sonambulismo antes. No era el caso esta vez. ¿Qué era? Cutshaw. Cutshaw. Su respiración se volvió menos profunda y más acelerada. Sentía un peso en el estómago, un extraño y borroso sentimiento de culpa. Se puso de pie.

Tenía que buscar a Cutshaw él mismo.

Capítulo once

Cutshaw pasó rugiendo por el pueblo de Bly sobre su motocicleta y llegó a una sórdida taberna junto al camino, aproximadamente diez kilómetros más adelante. Ahí se detuvo. Entró, empapado, y se sentó en un pequeño gabinete al fondo. En media hora estaba borracho. A su alrededor se escuchaban risas escandalosas y música de rock que provenía de una rocola. La taberna era controlada por una pandilla de motociclistas que la llenaban de gritos y obscenidades. Portaban chamarras de cuero negro, con las palabras «Pandilla en Cadenas» estampadas en la espalda. Algunos estaban sentados en el bar, otros bailaban, sus largas matas de pelo y uñas sucias se movían en medio del humo de cigarro que hacía aún más densa la habitación conformada por paneles de madera. Cutshaw no se percataba de nada. Levantó la copa de whisky y bebió de golpe todo su contenido. Hizo una mueca y tomó un trago de cerveza, y luego se quedó observando las cinco copas borrosas que estaban alineadas sobre la mesa de madera frente a él. Levantó la cabeza cuando la mesera pasó a su lado. Era joven.

—Oye, espera —le dijo Cutshaw mientras la tomaba de la mano; sintió que traía una sortija de matrimonio—. ¿Qué tal si me traes otro whisky? —le dijo, con aliento a alcohol.

La chica sonrió. Su cara reflejaba un brillo saludable.

—Señor, tiene cinco frente a usted —dijo amablemente. Soltó la mano de Cutshaw y se dirigió hacia el bar. Él se quedó observando la mesa, desconsolado.

—¡Yo quería *seis*! —murmuró con voz profunda.

Había dos motociclistas en el bar mirando fijamente al astronauta. Uno de ellos tomó un gran trago de cerveza. Sus facciones eran gruesas, tenía una barba incipiente y usaba unos lentes grandes de color amarillo.

—Es él, Rob —dijo—. Estoy *seguro* de que es él.

—Estás loco —respondió el otro. Usaba un chaleco de cuero abierto sobre una playera de manga corta que dejaba ver sus musculosos brazos. Era apuesto y tenía un aire depravado. Su espeso cabello rubio estaba peinado en ondas con mucha vaselina y tenía una mirada arrogante. Su playera decía «Me encanta coger». Era el líder de la banda.

—Estás mirando cosas, Jerry.

—¡Claro que no! He visto su fotografía en el periódico.

—Nunca en tu vida has leído un periódico.

—¡Bueno! En la televisión.

La mesera se acercó al bar.

—Dos cervezas y un whisky en las rocas —dijo. Volteó a ver a los motociclistas con una mirada nerviosa. No era una pandilla local, y su presencia la hacía sentir intranquila.

—¡Míralo! —dijo Jerry—. ¡Mira su cara! ¡Es él! ¡El astronauta! ¡El que se volvió loco!

La mesera volteó a ver a Cutshaw.

—¿Y qué hace en un cuchitril como este? —preguntó Rob.

—Y yo qué carajos voy a saber —respondió Jerry—. Pero es él. Te lo juro. Estoy completamente seguro.

—¿Ah sí? ¿Cuánto apuestas?

—Una cerveza.

—Y una mamada de tu vieja o de la mía —dijo Rob sonriendo.

Jerry se frotó la barbilla mientras miraba a Cutshaw de nuevo. Luego bajó su copa y dijo:

—Está bien.

Los dos motociclistas se movieron entre la multitud hacia donde estaba Cutshaw. Se detuvieron frente a su mesa y lo observaron. El astronauta estaba levantando una copa cuando se percató de su presencia. Se detuvo, volteó a ver a uno, y luego al otro.

—¿Sí? —les dijo.

—¿Cómo te llamas, amigo? —le preguntó Rob.

—Rumpelstiltskin.

Rob le quitó el trago a Cutshaw y, viendo a Jerry, dijo:

—¿Qué tal? Tenemos un sabelotodo.

Como si estuviera inconsciente, Cutshaw tomó otra copa.

El motociclista se la volvió a quitar, esta vez de forma agresiva.

—Dije que me digas tu nombre —su voz sonaba amenazante.

—¿Nombre de soltero o de casado? ¡Mesera! —gritó Cutshaw, ignorando a los dos motociclistas.

Con un movimiento brusco, Jerry jaló a Cutshaw de la sudadera para mostrarle triunfantemente a su amigo las iniciales «C.M.E.U.», bordadas encima del bolsillo.

—¿Ves? C.M.E.U., quiere decir «Cuerpo de Marines de los Estados Unidos».

—No, no, no, mi querido muchacho —dijo Cutshaw, con una pronunciación aletargada—. Esto quiere decir «Club de Muchachos Estúpidos y Urgidos», deberían unirse.

Rob le arrojó el contenido de una copa en la cara.

—¿Fue algo que dije? —preguntó amablemente el astronauta, lamiendo el whisky que le habían arrojado.

Apareció la mesera.

—¿Sí? —le preguntó a Cutshaw. Tenía el ceño fruncido, intrigada respecto a su identidad. Se percató de que tenía la cara mojada y lanzó una mirada inquieta hacia los motociclistas.

—Un whisky y dos escupideras, cariño —ordenó Cutshaw—. Y llena las escupideras de sangre de oruga. Es para mis dos amigos. Creo que…

Jerry agarró a Cutshaw de la camisa, lo levantó y lo abofeteó salvajemente.

La mesera se veía alarmada.

—¡Oigan, ya basta! Dejen de hacer eso —gritó.

—¿Hacer qué? Ah, ¿te refieres a esto? —le dijo Rob, sonriendo con seguridad, mientras rápidamente le metía la mano bajo la falda y le apretaba las nalgas. Ella se dio la vuelta con un grito y le quitó el brazo. El motociclista la tomó de la muñeca y presionó su cuerpo contra el de ella. Gimiendo con exagerado y burlón erotismo, la empujó contra el extremo que dividía los gabinetes—. *Mucho mejor* —dijo sonriendo—. Esta posición está más cómoda.

La camarera hizo una mueca de dolor y repulsión. Lo empujó del pecho.

—¡No! ¡No! ¡Aléjate!

Cutshaw se puso de pie.

—¡Oye, déjala! —dijo, acercándose para ayudarla. Jerry lo empujó contra el gabinete y Cutshaw se golpeó la cabeza contra la pared.

—Santo Dios— se quejó. Estaba aturdido.

—Muévete, nena —dijo Rob, con una mirada lasciva. La luz se reflejaba en la corona de plata que tenía en un diente. *Embestía* con fuerza hacia atrás y hacia adelante.

—¡Estoy embarazada! ¡Aléjate de mí! —gritaba la mesera—. ¡Deja de empujar! ¡Por favor, detente! ¡Me estás lastimando!

Jerry le quitó a Cutshaw la placa de identificación que tenía en el cuello. La examinó rápidamente y luego le dijo a Rob:

—¡Oye, es él! ¡En verdad es él! ¡Tengo su placa de identificación, Rob! ¡Es él!

Rob volteó a ver a Jerry, sorprendido. Le quitó la placa de identificación. La mesera se escabulló.

—¡Tiene que ser una broma! —gruñó Rob, examinando la placa. Volteó a ver a Cutshaw. El astronauta tenía ambas manos sobre la cabeza—. ¡No puedo creerlo! —Rob se acercó a la rocola y la desconectó. Se escucharon gemidos y quejas en medio del silencio. —¡Oigan todos! ¡*Silencio*! —se paró sobre una silla—. ¿Adivinen lo que tenemos aquí? ¡Una maldita celebridad! ¡Al astronauta gallina en persona! —hubo reacciones mezcladas entre la multitud. Rob apuntó a la mesa donde Jerry sostenía a Cutshaw—. ¡El capitán Billy Cutshaw, damas y caballeros!

La multitud estaba incrédula, emocionada. Algunos de los motociclistas aplaudieron. Uno dijo:

—¿A quién carajos le importa?

Rob se bajó de la silla y regresó al gabinete, donde Jerry jaló a Cutshaw para ponerlo de pie.

—Sí, ya lo sé —murmuró Cutshaw, con los ojos medio cerrados—. Es inútil resistirse. Mis amigos han confesado.

—¿Quieres unirte a nuestro club? —dijo Rob con una sonrisa.

—Jódete.

La sonrisa de Rob se transformó en una mueca. No podía identificar qué era lo que odiaba del astronauta; sentía una especie de dolor cuando respiraba. Lo abofeteó brutalmente con el dorso de la mano y la cabeza de Cutshaw se sacudió bruscamente.

—Está bien —murmuró Cutshaw—. No te jodas.

Rob lo tomó de la camisa y lo arrastró al centro de la habitación, donde se reunieron la mayoría de los motociclistas a su alrededor. Había una pareja que seguía bailando sin música.

Rob chasqueó los dedos y le dijo a Jerry:

—¡Cerveza!

—Sale una cerveza —respondió Jerry, y fue al bar a traerla—. Cerveza —le dijo al cantinero, un hombre de sesenta y tantos años que era el dueño de la taberna. Llenó un tarro y, mientras lo colocaba sobre la barra, volteó discretamente hacia el teléfono que estaba en la pared, afuera de los baños. Jerry se percató de esto y le dijo, sacudiendo la cabeza:

—Oh, no —le advirtió—, no arruines la fiesta —tomó el tarro y se lo llevó a Rob.

Los motociclistas estaban reunidos en círculo, murmurando, riéndose y haciéndole preguntas a Cutshaw:

—¿Qué te pasó? ¿Perdiste la cabeza o los huevos? ¿Qué te dan de comer en el manicomio? ¿Dónde está tu cuidador? ¿Tienes hierba?

Cutshaw estaba de pie, dócilmente, con la cabeza agachada y sin contestar nada.

Con un ademán ostentoso, Rob tomó la cerveza de manos de Jerry y anunció en voz alta:

—¡Primero, bautizaremos a mamá gallina! —se esparció entre la multitud una tensión espantosa, un resentimiento disfrazado de juego, como si un perro ovejero malévolo los tocara, los acariciara con el hocico y los arreara a todos—. ¡Quiero escuchar la cuenta regresiva! —gritó Rob—. ¡Todos juntos! ¡Diez! —empezó. Los motociclistas se unieron a Rob gritando, sus ojos resplandecían mientras llegaban a «¡Uno!». Después, Rob gritó:

—¡Cero! —mientras vaciaba el contenido del tarro sobre la cabeza de Cutshaw. Rob sonrió y dijo—: ¿Todo bien, loquito?

Kane inclinó la cabeza hacia adelante, entrecerrando los ojos para tratar de ver a través del parabrisas empapado del auto del personal. Ya había pasado por Bly. Se había detenido en cada lugar público donde veía una motocicleta estacionada, buscando a Cutshaw. En determinado momento creyó haber pasado junto a otro auto del personal, pero no estaba seguro. Ahora iba por el camino que llevaba al norte, pasando el pueblo. No había sido una decisión consciente, sino intuitiva, automática. Frente a él parpadeaba una luz de neón. Se orilló y abrió la ventanilla. Era una taberna. Vio que había varias motocicletas estacionadas. Todas eran Chopper y muy grandes. Todas excepto una. Kane se bajó del auto y entró a la taberna.

Los motociclistas seguían reunidos en un círculo. Estaban cantando *Fly me to the Moon*, en un ritmo lento, como de vals, y con cada estrofa lanzaban a Cutshaw de un lado al otro del círculo, empujándolo y riéndose. Cutshaw era como un muñeco de trapo, no ponía resistencia alguna, no prestaba atención a lo que decían, totalmente indiferente.

Kane se detuvo en la entrada de la taberna. Vio a los motociclistas, y luego a Cutshaw, antes de que este tropezara y cayera al suelo, desapareciendo de su vista.

—¡Levántate, cara de luna!

—¿Qué haces? ¿Buscas rocas lunares?

Todos se rieron, Kane se acercó por un lado del círculo y se arrodilló junto a Cutshaw. Con una mano sobre su espalda, lo ayudó a levantarse.

—¡Hey, miren a *este* pendejo! —dijo un motociclista.

—¡Creo que tenemos una nueva pelota de playa! —dijo una chica con una voz muy nasal.

Cutshaw volteó a ver a Kane. Tenía un moretón en la mejilla y le escurría sangre por los labios, proveniente de un diente roto.

—Estaba conociendo mejor a tu familia —dijo. El comentario no tenía sentido para Kane. Levantó al astronauta y se dirigió a la puerta, pero Rob los interceptó, tomando el brazo del astronauta y apretándolo.

—Oye, amigo, esa es mi pelota de playa —le dijo a Kane—. Suéltalo.

—Por favor, déjenlo ir —dijo Kane con suavidad.

—Tú deja en paz mi pelota de playa.

—¡Sí, Rob! ¡Diles!

—¡Uy, pobrecito! ¡Llamen al Servicio Médico!

—¿El S. M.? El Servicio de Mierda. ¡Él es su líder!

Kane volteó a ver a Cutshaw. El astronauta lo veía fijamente, con una pequeña y amarga sonrisa en la cara.

—Ahí tienes la bondad del hombre —le dijo con ironía; su voz se quebró al decirlo y bajó la mirada.

El líder vio a Cutshaw, fingiendo sorpresa.

—¿Dijiste algo? ¿Eh? ¿Hablaste? —volteó a ver a Jerry—. ¡Por Dios, Jerry! ¡Creo que la pelota de playa acaba de hablar! ¡Lo juro por Dios! —le dio una bofetada a Cutshaw—. ¿Hablaste?

—Este hombre está enfermo —dijo Kane—. Por favor déjenos ir. —Rob vio la súplica en los ojos de Kane y escuchó su voz temblar.

Una de las chicas dijo:

—Déjalos ir.

Rob volteó a verla, era una chica rubia con cola de caballo, y luego acercó su cara a la de Kane, observándolo con un aire de superioridad.

—No digas «Por favor» —le dijo—. Suplica. Quiero ver que hablas en serio. Adelante, suplica.

Kane no podía ocultar su renuencia. Tragó saliva.

—Te lo… suplico —dijo finalmente, y empezó a caminar hacia la puerta con Cutshaw, pero Rob seguía agarrando el brazo del astronauta y lo jaló de vuelta.

—Apuesto a que es una mierda —dijo un motociclista con un mechón de barba en la hendidura entre la boca y la barbilla.

El líder se vio inspirado de repente.

—Di «todos los marines son una mierda» —instruyó Rob a Kane alegremente. Hubo risas y gritos.

—Déjalos ir —dijo de nuevo la chica rubia, mientras miraba a Kane. El líder le sonrió engreídamente. Era su novia.

—Cálmate, muñeca —le dijo. Volvió su atención a Kane—. Vamos, vamos, terminemos con esto de una vez; dilo y los dejaré ir. Solo di esas palabras y entonces podrán largarse. ¿Qué dices? ¿Las dirás? ¿Cuál es el problema? Las dices y se van —su cara adoptó una expresión cómicamente sincera.

El cuerpo de Kane comenzó a temblar ligeramente. Se volvió para mirar a Cutshaw. La mirada del astronauta estaba en el suelo, su cara no tenía expresión alguna. Solo escuchaba. Kane se dio la vuelta y contempló a Rob con ojos muy abiertos y brillantes. Su boca se abrió levemente.

—Anda, vamos, ¿lo vas a decir o no?

Kane trató de mover su lengua para articular las palabras. No podía. Con un esfuerzo masivo de voluntad, dijo:

—Todos los... marines... son una... mierda.

Se escucharon murmullos entre la multitud.

La chica rubia se alejó del grupo.

—Una cosa más —dijo el líder—. Lo juro, esto será lo último. Luego se pueden ir. Dios, es que es tan fácil. En serio. Solo di que eres una pelota de playa. Sencillo. Eso es todo. Adelante, dilo: «Soy una pelota de playa».

Kane no había apartado la mirada del líder. Sus ojos estaban aún más abiertos y brillaban con mayor intensidad. Su lengua se sentía pesada y seca.

—Soy una pelota de playa —dijo.

—¡Justo a tiempo! —gritó Rob—. ¡Nos hace falta una! —Jerry estiró su pierna detrás de Kane y Rob lo empujó. Kane cayó al suelo. Todos aclamaban. La novia de Rob observaba todo desde el bar.

Kane se levantó lentamente y los motociclistas empezaron a empujarlo. Estaba pasivo, no luchaba. Solo buscaba a Cutshaw con la mirada, aun cuando el astronauta la evitaba. Los gritos y los vítores de la multitud se sentían como un cuchillo penetrando su cráneo, provocándole dolor de cabeza. Una chica regordeta con un lunar en la barbilla le puso el pie a Kane y este cayó de nuevo al suelo. Se puso de rodillas y se quedó en esta posición, sin moverse. Su mirada estaba fija en el suelo y se sentía desorientado. El líder se acercó con una cerveza y la derramó sobre su cabeza.

—¡Otro bautizo, amigos! ¡Alabado sea Dios! ¡Alabado sea Dios! ¡Aleluya! —gritaba.

Jerry le dio una patada en la espalda a Kane y lo derribó. La cara de Kane golpeó contra el suelo. Rob se acercó y derramó más cerveza sobre el suelo frente a Kane. Sus labios se abrieron en una mueca de desprecio.

—¡Maldito cerdo! —le dijo—. ¡Limpia este desorden!

Kane volteó a verlo aturdido. Jerry se acercó y empujó la cabeza de Kane hasta que casi tocaba un espumoso charco de cerveza que había en el suelo. Rob se arrodilló junto a Kane.

—Lámelo —le dijo—. Lámelo —los ojos de Rob brillaban, su cara reflejaba entusiasmo—. Lámelo y los dejaré ir. Esta vez es en serio.

Olvidado por el momento y aturdido, Cutshaw había logrado arrastrarse hasta el bar. De pronto, se dio la vuelta con ansiedad.

—¡Oigan! ¡Déjenlo! —gritaba. Se tambaleó y trató de acercarse, pero dos motociclistas lo agarraron de los brazos.

—¡Lámelo!

Kane miró el charco de cerveza. Tembló de miedo al experimentar una sensación de oscuridad que recorría sus venas, un poderoso secreto que lo llamaba, primero en susurros, y cada vez más y más fuerte, afirmando, exigiendo. Esto mantenía su lengua dentro de la boca. Kane luchó contra esta sensación. El nombre. ¿Qué nombre? Lo suprimió con repulsión y miedo. Abrió la boca y sacó primero la punta de la lengua y, finalmente, toda. Lamió la cerveza.

Una expresión de sorpresa recorrió la multitud.

—¡Por Dios! —dijo la chica con el lunar—. ¡Lo hizo!

Rob sonreía con satisfacción mientras observaba.

Kane trató de levantarse y ponerse de rodillas, pero Jerry volvió a derribarlo con una patada.

—Esto es por deshonrar el maldito uniforme —le dijo.

Cutshaw luchaba para liberarse.

—¡Bastardos! —gritaba—. ¡Malditos hijos de puta!

Rob se acercó y golpeó a Cutshaw en la cara con su salvaje mano.

—Bájenlo —ordenó a los hombres que lo sujetaban. Lo colocaron en el suelo boca arriba y ambos los sujetaron mientras Rob se montaba sobre él, con la entrepierna cerca de su cara. Se desabrochó el cierre y sacó su pene. Lo tomó con dos dedos y lo sacudió de modo que tocara los labios del astronauta.

—Llévame a la luna, amigo —le dijo Rob con una mirada lasciva—. De una u otra forma, vas a despegar. —Sonrió a la multitud de motociclistas, que murmuraban y se reían. Algunos se acercaron, emocionados. Cutshaw hizo una mueca y movió la cabeza—. Si lo hace, seré famoso —se regocijó Rob. Sacó una navaja de su bota, la hoja de metal brillante emitió un chasquido al abrirla. Rob la acercó al cuello de Cutshaw—. Vamos, hazlo o te juro por Dios que te corto el cuello. ¡Lo juro!

Kane se puso de nuevo de rodillas, apoyando las palmas en el suelo, y volteó a ver a Cutshaw y a Rob. Luego sus ojos se separaron por completo de su cuerpo, se volvieron infiernos particulares. Alzó la mirada y vio a Jerry, que tenía otro tarro lleno.

—Creo que este imbécil necesita otra cerveza —dijo Jerry. La derramó sobre la cabeza de Kane y le sonrió a la multitud. No se percató de la furia en la mirada de Kane.

Kane alzó una mano y la colocó sobre los dedos con los que Jerry sostenía el tarro. Jerry se dirigió a la multitud en un tono burlón e infantil y dijo:

—Ah, creo que quiere más.

De repente, su boca se abrió en una rápida y pequeña exclamación de horror. Trató de gritar, pero no pudo, mientras la mano de Kane oprimía la suya con una fuerza inimaginable. Jerry sentía que sus ojos explotaban. Luego, por fin llegó el grito, mientras el tarro se destrozaba y los fragmentos de cristal se incrustaban en los sangrantes dedos de Jerry. El grito se convirtió en una exhalación sin palabras y Jerry cayó al suelo inconsciente.

Todos estaban impresionados.

—¡Por Dios! —exclamó alguien.

Rob se levantó y se colocó frente a Kane, quien había logrado levantarse hasta quedar en cuclillas. Rob sostuvo la navaja frente a Kane, dudando por un momento, asustado. Entonces, el supuesto razonamiento de su universo le devolvió la confianza: una falla en el tarro de cerveza, un golpe de suerte. Encajó la navaja en un pilar de madera junto a él, metió la mano en el bolsillo, sacó unos puños de acero y se los puso. Luego extendió ambos brazos a los lados, con las palmas hacia arriba, confiado, sonriente, prometiendo un castigo. Se pavoneó hacia Kane. El puño de Kane se enterró en su estómago con una fuerza descomunal, y cuando Rob se dobló, la rodilla de Kane salió disparada hacia arriba y le rompió la mandíbula. Se escuchó claramente el crujido de los huesos. La chica rubia emitió un grito de horror e histeria. Entonces se desató el caos. La chica del lunar sacó la navaja del pilar y un motociclista se acercó a Kane con una cadena de neumáticos. Kane esquivó el golpe agachándose y derribo al hombre que traía la cadena con un movimiento de jiu-jitsu. Aplicando tracción, le rompió el brazo con un crujido y luego se dio la vuelta mientras la chica se le acercaba con la navaja en la mano. Le rompió la muñeca con un fuerte golpe y luego levantó los puños por encima de la cabeza; y cuando ella se agachó para sostener su muñeca rota, bajó los puños de un golpe sobre su cabeza y le destrozó el cráneo.

Los otros motociclistas corrieron hacia Kane.

Capítulo doce

Groper recorría la habitación de un lado al otro. Hudson Kane veía por la ventana. Habían estado montando guardia en la oficina de Groper desde que el psiquiatra había regresado de Bly sin encontrar a Cutshaw. Era la 1:23 de la mañana. El teléfono sonó. Kane contestó y, de golpe, Groper dejó de caminar y se acercó a la ventana. Las luces de un auto iluminaron la entrada de la mansión.

—Alguien viene —dijo Groper. Fue a abrir la puerta. El psiquiatra lo seguía con la mirada mientras hablaba por teléfono con un policía. Su rostro palideció. Escuchó y miró sorprendido.

El auto del personal se detuvo a la entrada de la mansión. Cutshaw emergió del lado del conductor y le abrió la puerta a Kane.

—Ya estamos aquí, señor —le dijo en voz baja.

Kane tenía la mirada fija al frente. No se movía. Cutshaw metió la cabeza al auto y por un momento observó la cortada que tenía Kane en la mejilla. Luego volteó a ver los ojos del coronel. Estaban fijos en algún dolor infinito que percibía en la distancia.

—Ya estamos aquí, señor —dijo de nuevo—. Kane giró la cabeza y miró a Cutshaw. Su mirada estaba muerta y vacía. Salió del auto. Lenta y rígidamente, se dirigió hacia la mansión. Groper le abrió la puerta. Observó el uniforme de Kane. Estaba roto y manchado.

—Veo que Cutshaw está bien —dijo el asistente, tratando de que su tono de voz sonara lo más normal posible. Kane pasó a su lado sin decir una palabra. Ni siquiera se percató de la presencia de su hermano, parado afuera de la clínica. Subió por las escaleras como en un trance. El psiquiatra vio que Cutshaw estaba parado a su lado y observaba cómo Kane subía hacia su habitación. Al llegar, entró y cerró la puerta. Cutshaw se volvió hacia el psiquiatra y vio en su mirada que estaba destrozado.

—Ya es tiempo de que entiendas ciertas cosas —le dijo Hudson Kane—. Pasa —agregó, dirigiéndose a la clínica. Ambos entraron, cerraron la puerta y Hudson le contó todo a Cutshaw.

Cutshaw se quedó atónito. Una pesadez cayó sobre su corazón ante tal solemnidad.

—Tú puedes ayudarlo —dijo el psiquiatra.

Cutshaw asintió. Su cara estaba totalmente pálida. Salió de la clínica, subió la escalera y tocó la puerta de Kane. No obtuvo respuesta. Volvió a tocar. Creyó escuchar una voz que provenía del interior. Era una voz difícil de reconocer. Giró la perilla y entró. Kane estaba sentado en una silla junto a la ventana abierta, con una manta de color caqui cerca del pecho. Estaba viendo hacia la nada. Cutshaw cerró la puerta silenciosamente. Kane no se movió.

—¿Coronel? —dijo Cutshaw.

No hubo respuesta.

Cutshaw se acercó más.

—¿Coronel Kane?

—Quisiera un chocolate caliente —dijo Kane. Luego se quedó callado por un rato. Cutshaw esperó, preocupado—. Tengo frío —dijo finalmente.

Cutshaw cerró la ventana. Habían puesto cartón sobre la que él había roto. Miró hacia afuera. Había dejado de llover y las estrellas brillaban resplandecientemente en el cielo.

—¿Dónde está Gilman? —escuchó que preguntaba Kane. Se dio la vuelta. Kane estaba observándolo, con una mirada desconcertada.

—Está abajo, señor.

—¿Está bien?

—Sí, señor. Está bien.

Los ojos de Cutshaw comenzaron a humedecerse. Se dio la vuelta y siguió viendo por la ventana.

—Cutshaw.

—¿Sí, señor?

—¿Por qué no quieres ir a la luna?

—Porque tengo miedo —contestó Cutshaw sencillamente.

—¿Miedo?

—Sí, señor, así es. —Cutshaw se esforzó por controlar el temblor de su voz. Alzó la mirada al cielo—. ¿Ve todas las estrellas? Tan frías, tan lejanas y tan solitarias. Allá solo está el espacio, el espacio vacío y... lejano de casa —las lágrimas empezaron a correr por las mejillas del astronauta—. He dado vueltas y vueltas por toda esta casa —dijo con voz ronca—. Y lo mismo estando en órbita. A veces me pregunto qué se sentiría no detenerse nunca; quedarse solo allá arriba dando vueltas... para siempre —la luz estelar se reflejó en la humedad de los ojos de Cutshaw, mientras las palabras vacilantes buscaban el camino desde su alma hacia el exterior—. ¿Y qué pasa si llego hasta allá, hasta la luna, y no puedo regresar? Yo sé que todos morimos, pero me da miedo morir solo y lejos de casa. Y si Dios no está vivo, entonces estaría *verdaderamente* solo.

Se escuchó la sirena de una patrulla. Cutshaw se asomó por la ventana y vio las luces rojas y parpadeantes acercándose por el camino. La patrulla se detuvo en la entrada, como un faro que ahuyentaba la esperanza.

—No queda… mucho tiempo —dijo Kane. Su voz sonaba ansiosa, le costaba trabajo articular las palabras—. Tiempo. Ya no hay tiempo. Pero te demostraré que… Dios… existe.

—Sí, señor, lo sé.

La patrulla se aproximaba a la mansión.

—Y los otros —dijo Kane, sus ojos brillaban—. Tal vez ayude. Tratar de curarlos… tratar de curarlos. No lo sé. No hay otro modo. Tiempo. No queda tiempo. Tengo que… tengo que intentar… terapia de choque.

Cutshaw no se movió. Se dio la vuelta lentamente y en silencio, para analizar a Kane con la mirada.

—¿Cómo dijo, señor? —le preguntó.

—Cansado —Kane recostó su cabeza sobre la silla—. Cansado —repitió. Cerró los ojos y en una voz cansada y suave dijo—: Un… ejemplo —y no dijo nada más.

Cutshaw seguía mirándolo.

—¿Qué, señor?

Kane se quedó en silencio. Cutshaw lo observó por un rato, luego se acercó a la silla. Kane parecía estar dormido.

Cutshaw captó el resplandor de algo en su cuello. Se inclinó para examinarlo más de cerca y ahogó un sollozo. Kane llevaba puesta la medalla de Cutshaw.

El astronauta salió apresurado de la habitación, temeroso de despertar a Kane con su llanto. Poco después de que él se había ido, un cuchillo salió de debajo de los pliegues de la manta de color caqui y cayó de golpe sobre el tapete empapado de sangre que estaba debajo de la silla. La sangre roja y oscura siguió goteando desde una esquina de la manta.

Cutshaw llegó hasta el rellano. Miró hacia abajo. Algunos de los pacientes habían despertado. Habían salido de su dormitorio al salón principal en bata y pijama y murmuraban. Dos policías entraron y se pusieron a hablar en voz baja con Groper. El asistente parecía sombrío y negaba con la cabeza; luego, a regañadientes, los condujo hacia la clínica. Cutshaw observó cómo se cerraba la puerta de la clínica. Se sentó en la parte superior de las escaleras. Algo estaba mal. ¿Qué era? Algo. Miró la puerta del dormitorio de Kane, frunciendo el ceño. De pronto agachó la cabeza y miró sus pies. Por un momento, su cerebro no registró cuál era la sustancia que tenía en el zapato. Luego la tocó con un dedo. Y de inmediato, se sintió horrorizado: era sangre.

—¡Dios mío! —se levantó de un salto y corrió de nuevo a la habitación de Kane.

Groper, Christian, Krebs y Hudson Kane estaban en la clínica de frente a los policías.

—¿Dónde está? —preguntó uno de ellos.

—Lo siento, no puedo entregárselos —dijo Kane secamente.

—Vamos, coronel.

—Ustedes mismos admitieron que lo provocaron.

—Sí, pero...

—¡Dije que *no*, carajo! ¡Él se *queda*!

El policía se hartó.

—Mire, nos lo llevaremos, señor. Lo siento, pero así será. Y si usted no lo entrega, nosotros lo encontraremos —volteó a ver a su compañero—. Vamos, Frank —dijo, y ambos se dirigieron a la puerta.

El psiquiatra bloqueó la puerta.

—Escuchen, piensen en las probabilidades —les dijo fríamente—. Cada hombre en esta habitación es experto en karate.

Durante un breve instante, Krebs adoptó un aire de sorpresa.

—Adelante —Hudson Kane retó a los policías—. Traten de llevárselo. Y déjenme darles un adelanto de los titulares de mañana: «¡Policías balacean a oficiales del Cuerpo de Marines!». Además, quiero darles una advertencia respecto a mí, muchachos: ¡más vale que tiren a matar!

Por un momento los policías no estaban muy seguros de cómo proceder. El más alto de ellos se acercó a Kane, se detuvo bruscamente y se quedó mirando a su compañero, luego se dirigió al teléfono que estaba en el escritorio con una suave e inarticulada expresión de disgusto. Irritado, levantó la bocina, luego miró a Kane.

—¿Puedo usar su teléfono? —gruñó.

—Sí, adelante.

El policía cambió de opinión. Colgó el teléfono.

—¿Podemos hablar con el otro? —preguntó.

—¿Se refiere a Cutshaw?

—Sí, solo déjenos hablar con él.

—Nada de trucos. ¿Lo prometen?

—No, señor. Nada de trucos —dijo sombríamente el policía—. Ya bastante tenemos con un cuádruple homicidio.

Al salir el grupo de la clínica, los pacientes curiosos se les acercaron.

—¿Qué diablos está pasando? —preguntó Bennish.

—¿Por qué hay policías? —preguntó Fairbanks.

—Seguro vienen por Fell —dijo Reno maliciosamente—. Por haber acumulado cinco mil infracciones de tránsito.

—No pasa nada —dijo el psiquiatra—. Absolutamente nada. Se trata de una equivocación. Ahora,

¿dónde está Cutshaw? —preguntó—. ¿Lo han visto? —nadie lo había visto—. Krebs, revisa en los dormitorios —ordenó—. Y tú, Christian, ve a ver si está arriba con...

—¡Jesús! —exclamó Groper. Estaba mirando por encima del hombro del psiquiatra. Hudson Kane se volvió para seguir su mirada y un repentino sentimiento de pérdida le quitó el aliento. Cutshaw salía de la habitación cargando a Vincent Kane en sus brazos. Las lágrimas silenciosas corrían por su rostro. Se detuvo en la balaustrada.

—Está muerto —lloró—. Se suicidó —sus ojos ahogados en lágrimas miraron hacia abajo y abrazaron la cara del hombre en sus brazos. Negó con la cabeza.

—Sacrificó su vida.

Capítulo trece

Los pinos y píceas que rodeaban la mansión destellaban con las alas moteadas de las aves que reflejaban los rayos de la puesta del sol un día de abril. Un auto del personal del Cuerpo de Marines entró al patio desierto y se detuvo frente al edificio. Un cabo surgió rápidamente desde el lado del conductor y abrió la puerta a su pasajero. Cutshaw se bajó del coche. Llevaba un uniforme azul marino y las insignias de un comandante. Habían pasado casi tres años desde la muerte de Kane.

Cutshaw inhaló profundamente y observó los alrededores. El aire era dulce. En cuanto vio el patio, su cara se llenó de ternura y los recuerdos lo inundaron, voces susurrantes, como ecos que se perdían en la distancia. Cerró los ojos por un momento. «Simón dice... Simón dice...». El cabo lo observaba perplejo.

Cutshaw sacudió la cabeza, con una sonrisa algo triste. Entonces abrió los ojos y, amablemente, le dio instrucciones al cabo.

—Espera aquí —Cutshaw se acercó a la puerta principal de la mansión y la encontró cerrada. El cabo observó cómo caminaba alrededor de la mansión y probaba ventanas. Finalmente encontró una abierta y entró, desapareciendo de la vista del cabo.

Aproximadamente un mes después de la muerte de Kane, el centro había sido desactivado. Doce de los reclusos fueron reasignados a otros hospitales y clínicas y el Proyecto Freud fue declarado cancelado; pero el resto de los pacientes del Centro Dieciocho parecían haber sido restaurados de pronto a una normalidad relativa. En cuanto a la cuestión de si simplemente dejaron de fingir, o el impacto por la muerte de Kane les ayudó a recobrar la salud, nadie se molestó en especular, ni siquiera Hudson Kane, quien sospechaba que la teoría de Hamlet probablemente era correcta. Sin embargo, con excepción del caso de Cutshaw, el psiquiatra escribió informes que certificaban que cada uno de estos hombres había regresado a la normalidad. No obstante, también mencionó en los informes que estaban «irremediablemente incapacitados para reintegrarse a la milicia» y recomendó que se les otorgara el licenciamiento «con honores». No pensaba mandar a estos hombres de vuelta al combate. Por la memoria de Vincent.

Cutshaw observó el salón principal, ahora vacío. No había sido restaurado. Aún había grandes hoyos en las paredes, y el techo estaba justo como Gomez lo había dejado. Una sonrisa cálida, pero triste, apareció en la cara de Cutshaw. Cuando miró hacia las escaleras que llevaban hasta el rellano, su mirada se llenó de melancolía y seriedad. Durante unos momentos no se movió; luego se dirigió a las escaleras y subió lentamente al segundo piso. Al llegar al rellano, vaciló por un instante, y luego continuó hasta llegar a la puerta de la habitación de Kane. Se detuvo ahí. Se quitó la gorra y durante un tiempo se quedó en silencio delante de la puerta, con la cabeza inclinada. De pronto sintió un impulso que lo incitó a tocar la puerta. Y lo hizo, suave y silenciosamente, cuatro veces. Abrió la puerta y entró en la habitación. Se colocó de pie justo detrás de la puerta por un momento: recordando, sintiendo, suspirando. Su mirada se detuvo en la ventana y caminó hasta el lugar donde había estado la silla. Miró hacia abajo esperando encontrar la mancha de sangre que había escurrido de la grande y profunda herida en el estómago de Kane. Pero no vio nada allí. Su muerte había sido cubierta con cera y abrillantador de pisos.

Cutshaw sintió en el bolsillo un sobre arrugado. Lo sacó. Su nombre estaba escrito en el frente. Groper había encontrado el sobre en la habitación a la mañana siguiente de la muerte de Kane. El astronauta abrió el sobre y sacó la carta. La desdobló con cuidado. Estaba escrita en una hoja de cuaderno; las líneas azules y delgadas casi se habían desvanecido. El astronauta pensó de nuevo en la firmeza de la mano que había producido esa clara escritura, la cual tenía la floritura de una invitación de boda.

«Para el capitán Cutshaw», comenzaba la carta. «He reflexionado sobre uno de tus problemas, aquel en el que cuestionas por qué Dios no termina con la confusión del hombre, con respecto a lo que Él espera que haga, simplemente apareciéndose y diciéndoselo de manera inequívoca. ¿Qué pasaría si un hombre con vestiduras resplandecientes apareciera mañana flotando en el aire por encima de una gran ciudad y declarara frente a todos que ha sido enviado por Dios y que, como prueba de lo que afirma, realizará cualquier milagro que le pidan? Y supongamos que le pidieran que el sol se moviera por el cielo creando figuras en forma de ocho precisamente durante veintiséis minutos, comenzando al mediodía del día siguiente. Y supongamos que lo hiciera. ¿Le creeríamos? Bueno, creo que durante un tiempo todos creerían, todos los que vieron lo que había hecho. Pero después de una semana o algo así, me temo que solo aquellos de buena voluntad seguirían creyendo; todos los demás empezarían a hablar de autosugestión, histeria colectiva, hipnosis masiva, coincidencia, fuerzas desconocidas y cosas similares. No es lo que vemos en el cielo lo que ayuda; es lo que está en el corazón: una esperanza honesta, una buena voluntad. Espero que esto te ayude», decía la carta. Luego proseguía con un tono cotidiano: «Me quito la vida con la esperanza de que mi muerte tenga un efecto de choque que resulte curativo. En cualquier caso, ahora ya tienes tu ejemplo. Si alguna vez te he herido, lo siento. Me encariñé mucho contigo. Sé que algún día volveré a verte».

Había firmado la carta como: «Vincent Kane».

Cutshaw miró por la ventana. Un resplandor rojizo había incendiado el cielo y bañado el bosque con un glorioso brillo. Cutshaw miró con asombro y maravilla.

Cutshaw se dirigía a la entrada principal de la mansión cuando sus ojos se detuvieron en la puerta de la antigua oficina de Kane. Vaciló por un momento; luego se acercó a la oficina, puso su mano sobre la perilla y abrió la puerta con tal fuerza que golpeó contra la pared y tiró un poco de yeso del techo. Se quedó mirando el lugar donde había estado antes el escritorio y dijo en voz baja:

—¿Puedo irme?

El cabo estaba apoyado en el auto cuando oyó el golpe dentro de la mansión. Saltó y se puso alerta.

Cutshaw salió por la puerta principal y la cerró detrás de él. Llegó al auto y luego se volvió para echar un último vistazo. El cabo siguió su mirada.

—Vaya que he escuchado tremendas historias acerca de este lugar, señor —dijo—. Tenían un psiquiatra aquí... que era un asesino.

Cutshaw lo miró a los ojos y dijo:

—Era un cordero.

Se subió al auto. Mientras pasaban por el viejo portón, el cabo carraspeó.

—Señor, espero que no le importe que hable de esto... —comenzó a decir—. Me imagino que muchas personas se lo preguntan...

Cutshaw vio la mirada del cabo en el espejo retrovisor.

—¿Qué? —preguntó gentilmente.

—Bueno, ¿cómo es allá arriba, en la luna? ¿Cómo se siente estar allá?

Por un momento, Cutshaw no respondió. Luego miró por la ventana y sonrió.

—Bueno, depende de con quien estés —dijo. Luego suspiró, se quitó la gorra, recostó la cabeza sobre el asiento y cerró los ojos. Pronto se quedó dormido.

Fairbanks había regresado a vivir con sus padres en Plainville, Kansas, donde ayudaba con el negocio agricultor de su padre. Luego, cuando su padre murió varios meses después, él se quedó a cargo. Se instaló ahí pacíficamente para cuidar de su madre viuda y sus dos hermanas menores, de diez y trece años. Solía sentarse en el pórtico a leer las noticias de Vietnam.

Reno, cuya familia era muy acaudalada, regresó a Nueva York e intentó convertirse en actor, sin tener éxito. Entonces se interesó en el patinaje artístico. Todos los días iba a la pista de Central Park. Un día, mientras patinaba, conoció a una joven enfermera que trabajaba en la sala de oncología en el Hospital Fordham.

—Tú sí que eres una obra de arte —le dijo—. Nunca crezcas o estaremos condenados —ella se rio, comenzaron a salir, y después de un breve y discreto noviazgo, se casaron. Los padres de Reno estaban en contra: la chica, de nombre María, era puertorriqueña, y provenía de los barrios bajos. Reno estaba trabajando en una obra de teatro y vivían con el salario de María; sus padres no le ayudaban. María gastaba gran parte de su salario en regalos para los pacientes del hospital: todos ellos eran niños, y de padres indigentes. Reno pensaba que esto era algo maravilloso. Un día, la madre de Reno los vio a él y a María buscando colillas de cigarro en la acera, las cuales reutilizaban para fabricar los suyos. Venía saliendo de Bergdorf Goodman y fingió que no los había visto. Pero después de eso, sus padres decidieron ayudarlos.

Fromme simplemente se relajó durante un tiempo. Dormía hasta tarde, mientras su esposa, una cajera de un casino de Las Vegas, los mantenía a ambos, a excepción del cheque de incapacidad que recibía Fromme. En las noches se despertaba gritando, incapaz de recordar qué era lo que lo había asustado en sus sueños. Su esposa se divorció de él y se casó con un vendedor de aires acondicionados. Fromme empezó a trabajar como repartidor de cartas en uno de los principales casinos de la zona. A menudo lo criticaban por ser demasiado amigable con los jugadores.

Un año después de su rehabilitación, tanto Nammack como Gomez intentaron enrolarse de nuevo en el ejército, pero fueron rechazados. Ahora Nammack atendía un bar en la isla de Maui en Hawái. Gomez había regresado a la vida civil, y descubrió que su exprometida se había casado. La noche en que fue rechazada su solicitud para reintegrarse a las fuerzas militares, Gomez se emborrachó y le disparó al marido de su exnovia en la puerta de su casa, con el arma que tenía cuando estaba en el ejército. Después de eso, fue enviado a juicio.

Bennish se convirtió en director de relaciones públicas de una universidad en Los Ángeles y vivía tranquilamente en Silicon Valley con una esposa y un hijo, que era muy precoz.

Krebs volvió a integrarse al personal de neurología del Hospital de Veteranos Sepulveda, donde había trabajado durante varios años antes de que lo asignaran al centro. Christian se casó y dejó el Cuerpo de Marines. Groper había solicitado una misión de combate. Esta le fue concedida. Murió en combate el diez de noviembre de 1969. Se había lanzado deliberadamente sobre una granada para evitar la muerte de dos soldados jóvenes que estaban de pie cerca de ella, en estado de *shock*. Recibió la Medalla al Honor del Congreso, que fue entregada a su madre en Pulaski, Nueva York. Ella la colocó en una caja junto con las cartas de Groper.